Kenan Kayis · Der Carobbaum

 *Kenan Kayis*, geboren 1960 im türkischen Giresun, wuchs an der dortigen Schwarzmeerküste auf. In seiner Jugend zählte der heutige Tennislehrer als Ringer zu den besten Sportlern seines Landes, als Volleyballer und Basketballer nahm er mehrfach an den türkischen Meisterschaften teil. Mit 20 Jahren kam Kayis nach Deutschland, das er inzwischen als seine eigentliche Heimat betrachtet. »Ich denke auf deutsch und fühle auf türkisch«, sagt der Autor, der seit mehr als einem Jahrzehnt Erzählungen und Romane schreibt. Sein nun veröffentlichtes Debüt »Der Carobbaum« entstand vor dem Hintergrund eines längeren Aufenthalts auf Zypern und spiegelt die besondere Achtung und Liebe wieder, die er für diese Insel und seine Menschen empfindet. Kayis ist glücklicher Vater von drei Töchtern, er lebt und arbeitet in München.

Kenan Kayis

Der Carobbaum
Orientalische Erzählung

BUCH&media

Weitere Infomationen über den Verlag und sein Programm unter
www.buchmedia.de

Bibliographische Information der Deutschen Bibliothek

Die Deutsche Bibliothek verzeichnet diese Publikation in der
Deutschen Nationalbibliographie; detaillierte bibliographische Daten
sind im Internet über <http://dnb.ddb.de> abrufbar.

Februar 2005
© 2005 Kenan Kayis
Umschlaggestaltung: Kay Fretwurst unter Verwendung
eines Mosaiks der Westmauer des Hofes der Großen Moschee
in Damaskus »Das Dorf um 715«
Herstellung: Books on Demand GmbH, Norderstedt
Printed in Germany · ISBN 3-86520-082-6

Inhalt

Hirten-Polarstern	10
Die weiße Möwe – Glanzschuhe der duftenden Schönheit	14
Ort der zerbrochenen Gestalten	22
Trockene Erde	24
Der Carobbaum	33
Brief vom Festland	35
Am Leuchtturm – Die versprochene Rückkehr	38
Abschied von der Mutter	42
Die ersten Früchte der Carobstengel	45
Meine Schwester Ayse	47
Ferne Freunde	50
Das Mädchen auf der Treppe	53
Die Stille der Zeit	55
Alle waren da – Nachbarn, Kinder, Hunde, Hoca und Priester	57
Der Krieg	60
Kyrenia – Neue Heimat	64
Honigschoten der 42 Jahre	67
Am Kap des Gloriazipfels	70
Selbstvergessene Köter in der glühenden Hitze	73
Ein seltsamer Sport	76
Der tote Soldat an der Grenze	83
Im Schatten der Pinien und Oliven	88
Limons Tod	98
Entscheidungen	104
Ilyas Dede	112
Oliven-Anbeter, fröhlich lachende Orangen-Backen – das Volk von Zypern	118
Die Rache der Jäger	121
Silvester – Die Melodie der Fasane	124

Dieses Buch ist gewidmet dem Volk von Zypern

Ich hatte einen Freund, einen Kindheitsfreund. Mehmet.

Einmal soll er drüben auf dem großen Festland gewesen sein – wovon er jedes Mal unermüdlich und aufgeregt, wie wunderlich erzählte. Auch wenn ich die Geschichte schon auswendig wusste, hörte ich ihm gerne zu.
Ich konnte ihm stundenlang zuhören. Es war dann so, als ob ich selbst dort gewesen wäre oder als ob ich selbst dort hinwollte, besessen, neugierig, immer wieder das Gleiche. Wie schön und anders es war, wie schön es dort in der Ferne, auf dem großen Land gewesen war.

Mehmets Vater ist ein gemütlicher Fischer mit faltiger, brauner Lederhaut. Er ist ein guter Meereskenner und er liebt das Meer, er verehrt es.

Mehmets Mutter ist eine zierliche, gütige, stille Frau, wie die meisten Frauen der Insel, sie ist mittleren Alters. Jeden Tag wartet sie mit großer Besorgnis auf die Rückkehr ihres Mannes.

Sie wohnen außerhalb des kleinen Ortes in einem halbzerfallenen Haus. Seine Decken und Wände sind mit Blechstücken geflickt, es stammt aus der Geschichte der Insel.

Mehmet fährt mit seinem Vater aufs Meer zum Fischen, in einem kleinen Boot, das ebenfalls an allen Seiten geflickt ist und das ihnen den Unterhalt der Familie einbringt.

Wenn das gütige Meer sie auch an diesem Tag beglückt, wenn das ungestüme Meer nicht schäumt vor Zorn.

Ich sehe sie von oben, vom Berg meiner Ziegen, bevor die von Gold übergossene Sonne die Insel beleuchtet. Ich höre das Rattern des kleinen Wellenbrechers, der die Stille der einsamen Küste zerbricht. Es ist die Suche nach Brot, die bange Hoffnung, die dort irgendwo im türkisen Blau in der Tiefe verborgen ist. Sie haben die Falten des Meeres im Gesicht und die Geduld eines Bären.

Damals, als wir noch kleine Kinder waren, wovon wir heute nicht fern sind, sahen wir uns oft. Wir fuhren sogar mit Mehmets Vater gemeinsam aufs Meer hinaus. Aber die Zeit verging und zwang uns zur Arbeit und damit zur Trennung. Heute sehen wir uns einmal, manchmal auch zweimal alle sieben Tage.

Seit langem bin ich nicht mehr auf dem Meer gewesen, ich glaube, zuletzt, bevor mein Vater starb. Wie gerne würde ich es wieder einmal tun, hinausfahren auf die Weite des Meeres, das hier aus der Wolkenhöhe zu meinen Füßen weit unten breit da liegt, weit, so weit mein Blick reicht.

Mehmet und ich hatten einen Treffpunkt am Hügel im Wald unter einem Carobbaum. Und wir hatten uns viel zu sagen. Oft erzählte er mir vom geheimnisvollen Festland dort irgendwo im Dunst des Horizonts. Ich kann es kaum erwarten, seine Geschichte von neuem zu hören.

Ich besuchte ihn nur an Feiertagen, wenn ich meine Ziegen nicht hütete. Wenn wir uns dann trafen, gingen wir zuerst zum Hafen von Kyrenia, um unten in der Provinzstadt fremde Menschen zu sehen, die gerade mit dem Dampfer ankamen oder verreisten.

Stunden saßen wir am Leuchtturm, der dort aus dem Wasser ragt, und sahen den dunklen Dampfwolken des Schiffes nach, das einen langschäumenden weißen Saum hinter sich herzog, begleitet vom Auf- und Abfliegen der kreischenden Möwen.

In der Nähe des Hafens kauften wir uns Gebäck vom dicken alten Mann, der den besten Leckerkuchen der Insel buk. Einen anderen kannten wir nicht. Wir füllten unsere Taschen damit und verließen die Stadt, um zu unserer Ruine zu laufen. Es war eine von Fledermäusen bewohnte Burg, die der letzte Krieg zerbombt hatte.

Zerbrochene Steingestalten blickten aus der Erde, manche von ihnen waren noch an mächtigen zerschlagenen Glanzsäulen befestigt, einige davon ohne Kopf, ohne Bein oder Arm. Aber wir hatten uns an diese furchterregenden leblosen Gestalten gewöhnt. Es waren ja nur Steine. Heimlicher Rastplatz für niemandslose Hunde. Früher, stellten wir uns vor, müssen hier seltsame, kräftige, nackte Wesen gelebt haben.

An diesem Ort verbrachten wir unsere gemeinsame Zeit und

waren glücklich. Wir dachten über nichts nach, wir lebten einfach, dem Moment und der Gegebenheit überlassen. Diese Tage erfüllten und beschenkten uns und niemals wollten wir voneinander fern sein. Wir versprachen es uns, wir gaben uns unser Wort, Mehmet und ich, der Fischersohn und der Ziegenhirte.

Sonntags fuhr er nie zum Fischen aufs Meer. An diesem Tag traf Mehmets Vater sich mit seinen Freunden in der Stadt zum Tavla-Spielen. Sonntags hatte das Meer frei von den Fischern. Alle diese Sonntage gehörten uns. Ab und zu musste ich zwar auch an einem Sonntag auf die Ziegen aufpassen, aber das störte mich nicht. Denn dann kam der Mehmet mit Anbruch des Tages zu mir hoch, und schon gehörten die Pinien und Fichtenberge uns, diese Wolkenfänger.

Hirten-Polarstern

Die goldene, glutgleiche Sonne blendet das stille, leicht von Windflecken überzogene Meer. Der Berg hinter mir wirft einen langen, beinahe bedrohlichen Schatten in die Schlucht.

Die Vögel singen die letzte Melodie und eilen zu ihren Nestern in den Kronen der Pinien.

Der Polarstern, mein Lieblingslicht am Himmel, beginnt zu flackern, ich höre das Echo des Adlers an die nackten Felsen schlagen, und schon bricht die Nacht ein. Mein Polarstern glänzt und lacht an der immer treuen Stelle.

Der Tag verhüllt sich zum Schlaf, meine Ziegen trotten langsam und müde ihren gewohnten Pfad vor mir her, immer der Spur ihrer trockenen Kügelchen nach, gesättigt und zufrieden.

Noch ein letztes Echo des verspäteten Adlers von den Felsen, das mir heute anders erscheint als sonst.

Noch sehe ich weit in der Ferne den brennenden Himmel ins Meer stürzen.

Wir schreiten durch Büsche und Geröll hinunter nach Hause, ins Tal, denn morgen ist ein Feiertag.

Die Nacht gibt mir keinen Schlaf, ich bin hellwach. Ein Gesicht steht neugierig fragend über mir. Es ist nicht mein Hirtenstern, der mein Zimmer bewundert, es ist der runde, alles mit seinem Glanz umfüllende Mond, der die Weiden, die Felsen und das breite Meer zu Silber macht.

Ich bin nicht allein, auch meine Ziegen sind unruhig. Wie seltsam. Ich sehe große Vögel über dem Meer hinziehen wie Gespenster, die sich das von der Nacht gespendete Licht zu Nutze machen. Die Nacht scheint zu leben, der große Mond gebärt Wache für alle.

In mir steigt eine fremde Trauer auf, das Gefühl allein zu sein und eine versteckte Angst überkommen mich wie die kalten knochigen Arme des Todes. Eine furchterregende Poesie der

Gebrochenheit. Ich möchte weinen, ohne den Grund zu kennen. Was ist es bloß, das mir den Schlaf stiehlt und mich so beunruhigt?
»Yunus ...Yunus!«
Schweißgebadet richte ich mich auf. Ich bin unsicher und etwas verstört.
»Yunus, Yuuunnuuss!«
Ich werde gerufen – oder träume ich etwa noch? Aber nein, ich erkenne die unverkennbare Stimme: »Yunus, ich bin es, Mehmet!« Er gibt sich Mühe, leise zu sein, aber der Morgen ist noch leiser als sein verdeckter Schrei.
»Schläfst du noch?«
Irgendwann muss ich eingeschlafen sein. Meine letzte Erinnerung ist das Erhellen des Himmels, der mit offenen Augen die Nacht bereiste.
Ich springe aus meinem Strohbett auf, das nach vertrockneten Kräutern duftet, und wische mir den Schweiß von der Stirn. Verschlafen gehe ich ans Fenster.
»Yunus, ich habe am Carobbaum auf dich gewartet, aber du bist nicht gekommen!«
»Was? Aber warum? Wie spät ist es?«
Ich habe unsere Abmachung verschlafen.
Der Mond fällt mir wieder ein, der die Nacht gehütet hat und mit dem ich wach lag bis zum Morgen.
»Warte, ich bin gleich fertig.« Schnell schlüpfe ich in meine Sonntagskleider, die nicht anders aussehen als die für die Weide, außer dass sie, fast wie gebügelt, plattgedrückt sind von der Strohmatratze.
Schon bin ich aus dem Haus. Die Mutter und die Schwester schlafen noch tief und von meinen Ziegen höre ich aus dem Stall das Brummen der guten Zufriedenheit.
»Endlich! Ich dachte schon, du kommst heute gar nicht mehr ...«
Wir entfernen uns in die Stille des stillen Morgens und wissen genau, wo wir hingehen.
Eine Weile marschieren wir müde auf dem beinahe unsichtbaren Waldpfad entlang, ohne etwas zu sagen.
»Das Schiff, das Schiff!« Plötzlich fällt es mir wieder ein und ich erinnere mich laut, erschrocken und aufgeregt.

»Ja!« Mehmet bleibt abrupt stehen. »Das Schiff!« Wir sehen uns an und beginnen zu laufen.
Wir sind spät dran, die Sonne steht schon auf der Krone des Adlerfelsens. Wir laufen bergab in Richtung Küste, jeden Moment wird das Schiff, auf das wir alle Sonntage bei Anbruch des Morgens sehnsüchtig warten, in den Hafen einlaufen. Wir rennen über Steine und Mulden, vorbei an Feldern und Höfen, passieren die Holzbrücke, unter der fast nie Wasser fließt, ein frei laufender Köter springt uns nach, aber er kann uns nicht einholen, aus vollem Leibe bellt er uns hinterher. Wir beeilen uns, denn jeden Moment wird das Schiff ankommen und wir dürfen es auf keinen Fall verpassen.

»Lauf, Mehmet, lauf!«
»Lauf, Yunus, lauf!«

Aus der Ferne hören wir das schwermütige Horn des großen Meeresbrechers, der den friedlichen Morgen aus dem Schlaf schüttelt, die Stadt begrüßt.
   Außer Atem, nass geschwitzt stehen wir dann vor dem mächtigen weißen Riesen, der sich wie ein wütender Hornbulle, geschmeidig und doch kräftig, in den kleinen Hafen geschlichen hat. Durch die enge Gasse der Leuchtbojen hindurch und zuletzt durch die Reihe der Laternen, die heiß ersehnten Heimatlichter verirrter Fischer.
   Ich bin besessen von der Schönheit des Riesen. Wir stehen staunend, als der weiße Drache, der uns so weit überragt, an uns vorbeiflutet. Noch dreimal hintereinander hupt er, gibt Zeichen, erschrocken beben unsere Herzen. Ja, das ist er, der jedes Mal ein Stück von mir mitnimmt. Er, mein Herzensbrecher, meine Raubmöwe. Nur wer höchste Freude erlebt hat, kann unsere Freudensprünge mitfühlen.
   Für ein paar Stunden wirft er den Anker ins Wasser und nähert sich langsam und sorgsam der Mauer an der Promenade, wo Frühangler und Scharen von Menschen, Reisende und Zuschauer, das Ereignis mit Neugier und Staunen betrachten.
   Gebannt sehen wir zu, wie die Treppe zum Kai abgeseilt wird und die Menschen wieder zueinander finden. In der Hitze schmilzt die Sehnsucht. Mit offenen Armen werden Angehörige empfangen, manche weinen Freudentränen, andere lachen.

Eile zwischen Koffern und Lasten. Der Hafen ist wie ein Jahrmarkt, voll von Menschen, viele davon Händler und Muschelsammler, die ihre Waren anbieten. Berge von Gepäck und große Holztruhen werden von Arbeitern in den Rumpf des Riesen getragen.

Den ganzen Tag hier verbringen! Ich liebe die kleinen alten Häuser am Hafen, aus deren Fensterluken die alten Fischer schauen. Auch sie wollen sich dieses feierliche Bild nicht entgehen lassen. Hier erlauben wir uns, das zu essen, was schmeckt, denn dieser Tag ist der Tag, der unsere Ersparnisse auffrisst. Hier leben wir in einem gut erträglichen Gebrüll und in einem Glänzen, das uns krönt und uns die Hoffnung auf ein immer wieder neues Wiedersehen verschafft.

Die weisse Möwe – Glanzschuhe der duftenden Schönheit

Heute geschieht es, wovon ich nie auch nur zu träumen gewagt hätte: Wir sind auf der Brust des mächtigen weißen Riesen, in den ich mich vermutlich schon damals, am ersten Tag verliebt habe.

Vor mir steht eine, meine Augen mit Scheu füllende, wunderschöne gefärbte Frau. Glanz des Morgens in ihrem eleganten Gewand, mit leuchtenden Ketten am dünnen, aus dem Kleid hervorragenden Hals und Ringen an den Armen und Ringen an den Fingern.

»Könntest du mir helfen?«, fragt mich die Schönheit.

In dem Moment steckt mir mein Gebäck im offenen Schlund und ich bin regungslos. So wendet sich mein Blick zu Mehmet, dem der Schlund ebenfalls vom Gebäck gefüllt ist. Seine Backen sind prall geschwollen, kein Platz für irgendein Wort.

»Ich bezahle euch, wenn ihr mir helft, mein Gepäck an Bord zu tragen.«

Schwer schlucke ich den Brocken im Schlund hinunter und huste mich schnellstens frei. Einmal dort oben zu sein, wo mein einziger Wunsch liegt, denke ich, und schon verschleppt mich die Verwirrung und Nervosität in einem großen Wirbel.

Allein die sanfte, eingecremte, zerbrechliche Bitte-Anrede dieser schönen Frau rötet mich so, dass ich sicher sehr unverschämt aussehe.

Unbeholfen und ohne Mucks greifen wir nach den zwei Koffern. Noch nie bin ich so aufgeregt gewesen wie in diesem Moment, ich glaube, mein Herz schlug gar nicht mehr. Aus lauter Nervosität denke ich für einen Augenblick, dass ich es nicht schaffe, den Koffer zu tragen.

Die gleitende Schönheit des Morgens, der wir aus Scham nicht in die Augen sehen, geht vor mir auf ihren hochgelegenen, eleganten Lackschuhen und der Mehmet unmittelbar hinter mir.

Angeblich soll ich gezögert haben, was mir selbst nicht bewusst wurde.

»Komm, geh, worauf wartest du noch? Denk an die Möwe!«, flüstert Mehmet. Er treibt mich hoch, denn nur er kennt diese fieberhafte Liebe, die uns plötzlich aus dem Nichts heraus ihr unzugängliches Tor öffnet.

Ich gehe voran und trete gleich hinter der bekömmlich duftenden Frau auf die an Ketten schwankende Treppe des Riesen, dem wir jetzt so nahe stehen wie nie zuvor, ja, den wir jetzt wirklich berühren!

Der Koffer, den ich mühsam voranschleppe, ist vermutlich schwerer als ich selbst. Eher trägt er mich an Bord als ich ihn, aber meine Aufregung spendet mir Kraft und Willen, macht meine Neugier noch reicher, zwingt mich, alles zu vergessen und das Gepäckstück mit dem kleinen Finger zu tragen.

Als wir oben angekommen sind, am Ende der wankenden Brückentreppe, steht ein Matrose im Weg und fragt, höchst freundlich in seinem Verhalten mit hungrigen Augen auf der geformten Weiblichkeit unserer Dame, nach ihrem Bordticket. Ungekonnt versucht der Matrose zu lächeln. Dabei erkundigt er sich herabschauend und sehr skeptisch nach den zwei Kofferträgern, die wir sind.

»Ach ja, die beiden«, sagt sie, als hätte sie etwas vergessen. »Sie meinen die Jungs«, und mit einem halben Blick sieht sie zu uns zurück. »Wie Sie sehen, tragen sie meine Koffer. Es ist schon in Ordnung, lassen Sie sie durch.« Und sie holt aus ihrer kleinen Lack-Handtasche einen Geldschein und steckt ihn dem Matrosen zu.

Der Wächter in weißem Seemannsanzug und Generalshut, ebenfalls weiß, mustert uns von Kopf bis Fuß und lässt uns nur ungern durch. Am liebsten, wie ich in seinen Wolfsaugen erkenne, würde er uns genussvoll über Bord schleudern, so wie wir aussehen. Unverkennbar zwei Hirten-Jungen von dieser verlassenen Zigeuner-Ziegen-Insel.

Ich bin ein Dorfjunge, Mehmet ebenfalls. Wir sind nicht so gepflegt wie die anderen. Spätestens unsere Schuhe haben uns verraten, aber alles andere auch – auch unsere von der Matratze gebügelten Sonntagshemden. Was nützen da schon unsere ordentlich geglätteten, beinahe geleckten Haare? Solche wie mich und Mehmet sehen sie hier nicht gern. Wir könnten ja Diebe sein, womöglich unangenehm riechen und die reisenden Fremden verscheuchen. Wir sind gut vor den scharfen Visieren der Fotoapparate, gut für die Erinnerungsbilder von Touristen. Aber wir sind durch, nur das zählt. In versteckter Freude sehe ich zurück zu Mehmet, der mich mit seinem Blick auffordert, schnell weiterzugehen. Dann vergessen wir den Matrosen, der noch hinter uns hersieht.

O Gott ... die weiße Möwe ist schöner, prachtvoller und viel größer, als ich je dachte. Die langen Gänge und vielen Etagen, der Fußboden mit Teppich ausgelegt, die Wände mit Spiegeln und seltsamen Bildern geschmückt, die mir nichts sagen. Bis auf eines, das mächtigste von allen – darauf ist der weiße Riese in schäumenden Wogen zu sehen, wie er dem Wind entgegenfährt, den Sturm durchbricht. Davor bleibe ich kurz stehen. Mehmet ist in seiner eigenen Wunderwelt, aus der er träumend, schweigend und verwirrt auf das gleiche Bild sieht.

An vielen nummerierten Kabinen schleppen wir die Koffer vorbei, deren Gewicht ich vor Bewunderung und Staunen nicht wahrnehme, auch wenn mein Arm fast taub wird unter der Last. Vor einer der Kabinentüren bleiben wir stehen.

»Wir sind schon da, hier ist die Nummer«, sagt die auf ihren Stöckel-Lackschuhen über uns stehende Schöne.

Erschöpft legen wir die Koffer zu Boden, uns rinnt der Schweiß von der Stirn, besonders mir. Wir treten in die Kabine – und möchten unseren Augen nicht glauben, was sie erblicken. Es ist ein richtiges Haus hier drinnen, nie zuvor habe ich so etwas gesehen, und wenn jemand es mir erzählt hätte, wäre ich sicher gewesen, dass er es erfunden hätte.

Wir stehen in einem Zimmer mit zwei kleinen runden Fenstern und einem großzügigen, breiten Königsbett, nicht zu vergleichen mit meiner selbst gestopften Strohmatte. Eine Toilette ist da, zum Hinsetzen, was ich an diesem Tag zum ersten Mal in meinem Leben sehe, obwohl ich schon einmal irgendwo jemanden davon habe sprechen hören. Sogar ein Telefonapparat ist im Raum, er soll einen Draht zum Land haben und einen direkt zu anderen Menschen verbinden, woran ich am liebsten gar nicht glauben möchte, weil ich es mir einfach nicht vorstellen kann. Ja, es muss so sein, dass meine Augen mich in diesem Moment betrügen. Vor lauter Verwirrung bin ich ganz still, nur mein Staunen ist entsetzt. Von all dem hat Mehmet mir nie etwas erzählt, er hat gesagt, dass man an Deck schläft unter freiem Himmel, wenn man zum Festland fährt. Das hier ist eine andere Klasse für Leute, die anders reisen, denke ich bei mir, verbotene Glanzräume für Menschen wie die fein riechende, schöne gefärbte Frau.

Sie drückt jedem von uns einige Geldscheine in die Hand und bedankt sich höflich mit ihrem wundervollen Lächeln. Ich sehe nur bis zu diesem Lächeln hinauf, denn ich traue mich nicht, ihr in die Augen zu sehen, geschweige denn Danke zu sagen.

So viel, wie sie uns gegeben hat, verdienen wir in einer ganzen Woche nicht. Sie muss sehr reich sein, denke ich, während wir die Kabine verlassen. Am meisten sind mir ihre weinfarbenen hohen Glanzschuhe aufgefallen und die unfasslich glatten langen Beine, zu denen ich immer wieder flüchtig hinsehen musste und die in mir ganz fremde Gefühle aufgewühlt haben.

Viele schmale lange Gänge sind es, durch die wir zurückirren, und plötzlich kommen wir auf den verrückten Gedanken, dass wir das Schiff nicht gleich verlassen wollen. Dass wir erst noch auf das Rückgrat der weißen Möwe klettern wollen, um von dort in den Hafen zu sehen.

Mit schwellendem Herzen, in eine atemlose Aufregung versetzt, schleichen wir an Matrosen und Reisenden vorbei, unbemerkt durch die Gänge bis zum höchsten Deck. Ich steige noch etwas höher, Mehmet hinter mir her, hinauf bis an den großen rauchenden Kamin, den das Bild zweier ineinander verkreuzter Anker schmückt.

Großer Gott, wir müssen uns fest halten, es ist ziemlich hoch hier. Außer einem langen Mast, der bis in den Himmel aufragt, ist es die höchste Stelle auf dem Schiff. Sie kommt mir sogar höher vor als mein Ziegenberg. Von hier aus können wir über das gesamte Schiff blicken und über den ganzen Kai und die massive Hafenburg, die trotz der Höhe, in der wir uns befinden, doch noch gewaltig über allem steht. Sie ist der beherrschende Wächter von Kyrenia, der früher Schutz vor Eindringlingen, Feinden und Ungeheuern geboten und alle Seeräuber und Piraten überlebt hat.

Die Stadt liegt uns zu Füßen und mich überkommt der Wunsch, aus vollem Leibe zu brüllen. Wir sind sehr aufgeregt.

»Eine wunderbare Welt«, flüstert Mehmet. Sein Kopf ist neben mir, aber seine staunenden Gedanken schweben irgendwo vor einer Fata Morgana der türkischen Wüste.

Die Weite des Meeres um uns und die graziös hochragenden Pinienberge, meine Berge, nur eine Hand weit entfernt – ihre verlässlichen Füße unter uns im Wasser an den Korallen der Oliven-, Zitrus- und Carobküste.

Das ist sie, unsere Heimat, von der Höhe des Schiffshorns aus. Unser Feuer, unsere Quelle, hier ist sie, die gelobte warme Mutter, schwimmend im Jenseits der Festländer, tief verankert mitten im Meer.

Wir verstecken uns hinter einem Rettungsboot und bewundern alles, was unsere Augen zu sehen bekommen. Unsere triebhafte Neugier verlangt von uns, auf Entdeckung zu gehen, nach dem Herzstück der Möwe zu suchen, den Herzschlag des Riesen zu erhorchen. Unsere Neugier verlangt nach dem Steuerraum des Kapitäns. Allein der Gedanke ist furchterregend, aber wir sind schon besessen, nichts hätte uns mehr aufhalten können.

Wir steigen eine Treppe hinunter und etwas weiter vorne eine andere wieder hoch. Nach meiner Vermutung nähern wir uns unserem Ziel. Eine meiner inneren Stimmen bestätigt es und sagt: »Wir sind auf dem richtigen Weg.« Um von den Schiffsmatrosen nicht entdeckt zu werden, gehen wir mit geduckten Köpfen weiter.

Endlich! Das muss es sein, dort, das lange breite Fenster, das zum Bug hinausgeht. Vorsichtig nähere ich mich der Scheibe, während Mehmet sich hinten versteckt hält und Wache steht. Ich blicke durch das Glas durch, es ist niemand dahinter zu sehen. Sofort winke ich Mehmet, der sich zu mir schleicht wie eine Bordratte.

Unsere Köpfe schauen in den Raum. Tatsächlich! Das hier ist das Herz der Möwe. Leuchtende Knöpfe, Hebel, Lichter, ein Fernrohr wie aus den Piraten-Geschichten und ein rundes Gerät, das aussieht wie eine Uhr mit zwei Pfeilen als Zeiger, das muss der Kompass sein. Der ganze Steuerraum ist aus glänzendem kirschfarbenen Holz. Ein Labyrinth der Lichtspiele.

Vor Entzücken sehen wir uns gegenseitig an, aber wir trauen uns nicht zu sprechen, denn wir sind beide ängstlich. Ich zittere vor dem, was wir zuvor nicht kannten. Natürlich würde uns jeder sofort anmerken, dass wir keine Reisenden sind. Allein unsere Kleider, fast müsste man sagen Lumpen, sind schon verräterisch genug. Aber die unersättliche Neugier weckt noch größeren Hunger in uns. Wir schleichen uns in den Raum hinein, in das Herz des Riesen, das in uns schlägt.

Wir sind in einem Traum. Wir sind träumende Jünglings-Kapitäne, wir schlafwandeln.

»Wie wundervoll«, kommt es über Mehmets Lippen in den Raum, und schon stehen wir vor dem großen Steuer. Vorsichtig streichle ich darüber und spüre die Elektrizität der Berührung in meinen Handflächen.

Von hier aus sieht unser Schiff aus wie ein warmblütiges Rennpferd mit langer Schnauze, das kichert und losgaloppieren möchte, stöhnend vor Ungeduld. Mein Gott, bin ich aufgeregt!

Eine Zeit lang wandern unsere Gedanken wie in einem Kaleidoskop, das jemand langsam in der Hand dreht, dreht und dreht – wir sind Helden, Kapitäne, Piraten, Retter der Meere, bis das Maul unserer schönen Gefangenheit uns mit einem einzigen Schnalzen seiner Zunge wieder ausspuckt.

»Was macht ihr da!?«

Erschrocken wie zwei Feldmäuse springen wir zurück. Ich lasse sogar einen Schrei los.

»Wer seid ihr? Was sucht ihr hier? Wie seid ihr hier hereingekommen?«

Schneller als wir denken können, ist unser Traum vom Kapitän-Sein zum Alptraum geworden. Instinktiv drehen wir uns um, wollen flüchten, aber da stehen diese immensen Seemannsschatten in unserem Weg.

Unsere zitternden, unschuldigen, ängstlich um Mitleid bittenden Körper sind außer Kontrolle, unser kindlicher Verstand ebenso. Der Versuch, uns zu rechtfertigen, scheint überhaupt keine Bedeutung zu haben. Sie hören uns nicht einmal zu, weil sie denken, dass wir Diebe sind, Inselräuber, die sich an Bord geschlichen haben. Die Wühlmäuse der kleinen Provinz Kyrenia sozusagen. Wir werden am Kragen genommen und zum Kapitän geführt.

Dort fragen sie uns aus: Wer wir sind, wieso wir hier sind, und was wir im Steuerraum zu suchen hatten. Aber, was wir auch zu erklären versuchen, sie nehmen uns einfach nicht ernst, für sie ist es völlig klar, dass wir lügen.

Sie machen es mit Absicht, sie quälen uns mit Genuss, sie wollen uns nicht verstehen. Wir könnten noch bis in den nächsten Tag hinein unsere Unschuld betonen, sie herausbrüllen, nein, sie wollen uns einfach nicht verstehen, diese Segelohren, diese von Windhosen verblödeten Seemänner.

Aus lauter Unschuld fängt Mehmet an zu weinen. Keiner von den Männern zeigt auch nur einen Hauch von Güte oder Verständnis, keiner von ihnen wird weich.

Ich wüsste nicht, ob ich selbst zween geglaubt hätte, die so aussehen wie wir ... Aber – doch. Wenn ich diese Frage an mich richte, ja, wohl möglich doch, weil ich ein biegsames Herz in der Brust trage, das keine Härte aushält noch irgendwelche Ungerechtigkeiten.

Was können diese Hirtenkinder im Steuerraum schon gesucht haben? Wir hätten das Schiff wohl kaum an die Leine nehmen und es durch den Hafen ins offene Meer hinausziehen können.

Um unser Ansinnen genauer in Erfahrung zu bringen, werden wir der Hafenwache übergeben. An unseren bereits zerrissenen Kragen zerren uns die Matrosen vom Schiff, vorbei an dem weißen Wächter an der schwankenden Treppe, der uns mit seinen Augen schon vor einer Stunde durchgefiltert hat, als wir die Koffer der lackierten Schönheit an Bord trugen.

Anscheinend gibt es aber doch Menschen, die Unschuld erkennen und vor allem Kinder als Kinder betrachten. Denn als wir bei der Hafenwache zur Rede gestellt wurden, fanden sie in Kürze heraus, dass wir harmlos waren, neugierige Knaben von der Insel, die es irgendwie geschafft hatten, an Bord zu gelangen. Nichts anderes hatten wir die ganze Zeit mit großer Mühe und unter Tränen versucht, den Matrosen klar zu machen.

Ein alter Mann von der Hafenwache setzte sich besonders für unsere Unschuld ein, er kannte uns und erzählte ihnen, dass wir immer am Hafen waren, wenn das Schiff anlegte.

Als sie uns freiließen, waren unsere Kragen noch zerrissener als zuvor. Enttäuscht blickten wir auf unsere geliebte Möwe, sie hatte bestimmt nicht gewollt, dass unser erster Besuch auf ihrem Rücken so endete.

Den Schock halb verkraftet, die Aufregung noch in den Adern, lachten wir uns hinterher schief und krumm, aber uns zitterten noch die Knie.

Ich werde es nie vergessen, wie wir lachten. Über alles, was uns da passiert war, über unseren Schrecken und über unsere echten Scheintränen. Ja, es ist wahr, ich hätte mir vor lauter Angst beinahe in die Hosen gemacht. Wir hörten nicht auf, uns gegenseitig damit zu ärgern. Ich nannte Mehmet »Hosenscheißer«, er mich »Ziegenhintern«. Wir lachten, bis uns die Bäuche wehtaten.

Niemals verlassen wir den Hafen, bevor sich das große Schauspiel vor unseren Augen vollzogen hat. Nicht, bevor der Riese den Anker zieht und sich mit dem Beben seines Horns verabschiedet, eine lange Rauchwolken-Straße hinter sich herziehend, bis er im offenen Gaumen des Meeres von der Weite verschluckt wird. So lange sitzen wir am Leuchtturm.

Ort der zerbrochenen Gestalten

Danach laufen wir mit leuchtenden Freudeaugen auf eilenden Fersen noch einmal zum dicken Bäcker mit dem Leckerkuchen. Einen Teil nehmen wir auf die Hand, den größten Teil muss er uns in Papiertüten füllen. Wir lassen unser letztes Geld hier, auch das beim Koffertragen verdiente. Dann gehen wir zu unserer Ruine außerhalb der Stadt. Meistens ist das die letzte Station an unseren freien Sonntagen.

Die noch erträgliche Sonne klettert langsam zur Mitte des Tages hinauf. Wir haben all unser Gebäck aus den Tüten mit großem Vergnügen auf der höchsten Mauer der Ruine verspeist, von wo wir die unweite Küste sehen können.
 Irgendetwas aber ist anders an diesem Tag, den ganzen Morgen schon. Es hat nichts mit unserem Abenteuer zu tun. Der Mehmet ist heute anders, er ist nicht der, den ich sonst um mich habe, den ich immer mit mir habe, irgendetwas stimmt nicht mit ihm. Ganz sicher ist es nicht unser Erlebnis auf dem weißen Riesen, nein. Ihn quält etwas, das er mir aber verschweigt. Ich kenne ihn gut, so gut wie er mich, und ich ahne, ich weiß es sogar, dass sein Herz Last und Kummer trägt.
 Lange kann ich jetzt nicht mehr warten, es ist ja schon meine eigene Last geworden.
 »Was hast du heute?«, frage ich ihn und suche seinen Blick.
 Er schweigt, trägt die Last, schaut verlegen, beinahe abweisend, wie ins Nichts. Dennoch spüre ich, dass er versucht, seinen verlorenen Blick zu sammeln.
 »Komm«, fordere ich ihn auf, »sage es, was dich so bedrückt.«
 »Nichts«, sagt er und zuckt mit den Schultern. »Ich habe nichts.«
 Er lügt. Das kenne ich nicht von ihm. Jetzt bin ich noch mehr beunruhigt.
 »Ich weiß, dass das nicht die Wahrheit ist. Und du weißt, dass du mir vertrauen kannst. Du kannst mir alles sagen. Du kennst mich, und jetzt öffne mir bitte dein Herz.«

Meine Aufforderung, meine Erwartung bringt für eine Weile eine stille Leere, aus der leise versteckte Tränen rinnen.

Es zerreißt mir mein Herz, ihn so zu sehen. In Sorge und Mitgefühl umarme ich ihn, drücke ihn fest an mich. Sein Kummer ist meiner, seine Tränen mein Schweiß, denn ich liebe meinen Freund über alles.

Jetzt endlich verrät er, was er verschwiegen hat, und ich werde vom Tröstenden zum Weinenden.

»Nächste Woche ...«, flüstert er scheu, gräbt mit einem trockenen Ast in der staubigen Erde herum und sieht mich nicht an. Ich hoffe nur, dass es nichts Schlimmes ist, aber dann –

»Ich werde zu meinem Onkel aufs Festland fahren.«

Ein Stich durchbohrt mich. Sein Onkel ...? Dieser Onkel, der irgendwo dort wohnt, wo das Schiff hinfährt. Der Onkel, den ich aus Mehmets Erzählungen gut kenne, bei dem er schon einmal gewesen sein soll, als er klein war.

»Mein Vater möchte es so ... Er will, dass ich weiter zur Schule gehe, anstatt so zu enden wie er, als Fischer ohne Zukunft. Aber ich habe gar nichts dagegen, ich liebe doch das Meer.«

Was soll ich darauf antworten? Meine Seele gerät in Atemnot, ich spüre einen schrecklichen Schmerz. Was kann man sagen, wenn man nur weinen will?

Das Schweigen schneidet mir in die Zunge, ein Felsbrocken, unter dem ich nach Atem stöhne, als ob ich gleich zugrunde ginge, aber ich bekomme keine Luft.

Was ist das für eine Teufelsnachricht an diesem Ort mit all seinen zerbrochenen Gestalten. Was ist das für eine Nachricht, die mir sogar meine Tränen wegnimmt und nur Schmerzen übrig lässt.

Ich kann es nicht glauben, ich will es nicht glauben. Nein, es ist nicht wahr! Nicht er, nicht Mehmet, nicht mein Alles.

Ich bestehe nur aus Verlassenheit und Leere, aus etwas unerklärbar Dumpfem, Trotz, Enttäuschung, Hass, ich laufe weg. Mir ist übel, nur weg von der Wahrheit, um es nicht noch einmal hören zu müssen, was er da gesagt hat.

»Yunus, Yunus!«, höre ich seinen Ruf hinter mir. »Warte, hör zu, Yunus! Bitte, warte, lauf nicht weg! Yunus ... Yunus ...«

TROCKENE ERDE

Durch Olivenplantagen, Felder, Weiden und Hügel, den quälenden Stich mittragend, der genauso schnell läuft wie ich, erreiche ich hoch oben am Berg meine Höhle. Außer Atem, von Schweiß durchnässt lasse ich mich zu Boden fallen, jetzt weine ich, jetzt endlich.

Stunden vergehen. Ich bin abgesunken in tiefste Tiefe, am liebsten möchte ich nicht mehr leben, wenn Mehmet von der Insel geht, mich verlässt. Was der Tag noch von sich übrig hat, verbringe ich hier oben vor der Höhle, leblos, ins Leere starrend, immer nur der eine Gedanke: Was wird mit mir, wenn er geht?

Wie schön hat dieser Tag begonnen. Wie abenteuerlich war es auf der weißen Möwe, wie gesättigt waren wir vom Kuchen. Und wie neigt er sich jetzt so fürchterlich ins Abendlicht und in die Finsternis.

Ich lege mich auf das Kräutergras, die letzten verspäteten, einzelnen Wolken ziehen gelassen vorüber. Das dunkelblau aufgeschlagene Wasserbett liegt dort unten, so weit das Auge reicht, füllt es den Horizont.

Erneut kommen mir die Tränen, ich bin machtlos dagegen. Allein daran zu denken, was bald sein wird, die Zukunft so ungewiss, den Mehmet nicht mehr zum Fischen ausfahren zu sehen – dieser Gedanke zerstört mich, er schwingt ein Schwert in mich und zerstückelt meinen Leib Stück für Stück, Stück für Stück.

Ich glaube, ich werde es nicht aushalten.

Am liebsten möchte ich niemanden sehen, möchte hier bleiben, wo mich die Verlassenheit zum Abgrund schleppt. Nicht einmal nach Hause möchte ich, wo meine arme Mutter sich sicher schon Sorgen um mich macht.

Ich muss den Gedanken daran, dass Mehmet bald gehen wird, verdrängen, denn er bereitet mir unerträglichen Kummer – ist das das Schicksal, das einen Hirtenknaben an die Schritte seiner Ziegen fesselt und ihn zum Bärentanz auffordert? Ich glaube, ich

werde verrückt werden, langsam verlässt mich die Kraft meiner Gedanken.
Die Abenddämmerung bringt eine dunkle Decke von beiden Seiten des Himmels heran und legt sich über alles nieder. Zuerst auf die Olivenfelder, dann kriecht sie langsam in die Schluchten, klettert danach drohend auf das Plateau und nun erreicht sie die stolzen Gipfel der Fünffingerberge, die ihre goldenen Spitzen jetzt im Finsteren verlieren. Diese Spitzen, in denen die letzten, selten gewordenen Rotkopfgeier kreischen. Danach sinken die Schatten über die ganze Insel und das Meer.
Nicht die gurrende Stille, nicht der letzte Dämmerungsgesang der Zugvögel nicht mein Auge »Hirten-Stern«, das über mir leuchtet, kann mich beruhigen, nichts kann mich mit Fröhlichkeit beschenken.
Alles, was ich brauche, erwünsche und ersehne, ist mein Freund Mehmet. Er gibt mir, was ich als Wundergewürz für meine Fröhlichkeit brauche. Wie soll es nur gehen, wenn er bald nicht mehr hier ist?
Mit kummervollen Augen sehe ich den wachen, unbefleckten Himmel an, als ob ich ihn anflehen wollte, um Hilfe bitten, als ob der Gott sich dort irgendwo aufhielte, der mich von oben beobachtet.
Der übliche Mond marschiert eben und doch gebrochen seinen immer gleichen Weg entlang. Aber niemand, nichts kann mich ablenken, allen habe ich den Rücken gekehrt. Ich beuge meinen Kopf zwischen meine Knie und leise, vergessen, überkommt mich ein nacktes, verstohlenes Gefühl. Ich lasse meine nicht mehr aufzuhaltenden Tränen los, in denen meine gequälte Seele dahinfließt.
Die Finsternis weilt inzwischen unter jedem Baum, hinter jedem Busch, vor der Höhle und in der Höhle. Es ist spät geworden, mein Hirtenstern steht am immer gleichen Fleck, aber der Glanz des Himmels, der vor sich hinmarschiert, ist längst an einem ganz anderen Platz. Ich sollte gehen, auch wenn meine Welt zerbrochen ist. Ich muss gehen, denn die Mutter wird sonst vor Sorge um mich sterben. Die Arme, die sich seit dem Tod des Vaters nie wieder richtig erholt hat und nichts kennt als harte Arbeit, sicher wartet sie mit dem bereits kalten Essen vor dem Haus auf meine Rückkehr.
Ich stehe auf und gehe. Auf Wiedersehen Hirtenglanz, auf

Wiedersehen Eulengesang, auf Wiedersehen zirpende Grillen, bis morgen, bis dann ...

Ich spreche nicht viel, nur das Nötigste, und esse die grobe Tomatensuppe und den Hellim dazu, den Käse, den ich aus der Milch meiner Ziegen mache. Auch vom selbst gebackenen Weißbrot der Mutter nehme ich und von den kleinen schwarzen Oliven. Meine Mutter weiß immer schon sofort, wenn etwas mit mir nicht stimmt, aber sie ist nie aufdringlich, eher äußerst gefühlvoll. Auch heute will sie mich nicht mit Fragen belasten. Ohne zu erklären, was mit mir ist, ziehe ich mich in mein Zimmer zurück.

»Mach dir keine Sorgen, mein Sohn, was auch immer dich krümmt. Gute Nacht, bete zu Allah«, spricht sie leise und vorsichtig und lässt mich gehen. Ich fühle ihre auf mich gerichteten Augen im Rücken, spüre, wie ihre und der Schwester Ayse mitfühlende Blicke mich verfolgen.

Ich kann nicht schlafen, der Mond steht wieder nachdenklich am Fenster. Ob er weiß, was da unter ihm geschieht, wer schläft und wer Wache hält, wer trauert, wer lacht? Ich vermute, ja. Alles, was die Nächte bewegen, weiß er. Ich halte mit ihm Wache.

Aus dem Zimmer meiner Mutter höre ich Geräusche. Sie träumt.

Unten am Rand des Meeres, aus einem Hof, kräht ein Hahn. Er ruft energisch in den Morgen hinein, bestätigt ihn und scheucht die Finsternis von den Feldern. Es dauert nicht lang, und ihm folgen aus verschiedenen nahe gelegenen Höfen andere krähende Genossen, die sich jeden Morgen mit der gleichen Hahnenmelodie verständigen. Das letzte Dunkel der Nacht, das den Kindern Angst und Furcht eingejagt hat, verschwindet in der hell gewordenen Luft.

Ich stehe auf und gehe ans Fenster, der Mond ist bereits vom Himmel abgestiegen. Um niemanden zu wecken, gehe ich leise aus dem Haus in den Hof. Das Gras ist frisch und feucht, der Himmel noch tief blau. Wie jeden Morgen sehe ich zuerst nach meinen Ziegen, die noch meditierend dösen und mich anstarren, als ich zu ihnen hereinkomme.

Draußen sind die Gespenster davongeflogen, die Vögel flattern nach und nach auf Nahrungssuche. Sogar ein paar große Zugvögel, angetan von der Klarheit und Farbigkeit des neuen Tages, streifen durch die Luft, so wohl geordnet in ihrem gemeinsamen Flug, als wollten sie große Buchstaben an den Himmel schreiben.

Ein schöner Tag? Nicht für mich. Kein gewöhnlicher Tag. Ich habe einen mir bisher unbekannten, verdorbenen Geschmack auf der belegten Zunge. Angst vor diesem heutigen Tag, verschmolzen schon mit dem unbekannten Morgen, Gedanken an Gedanken geknotet, spüre ich einen fürchterlichen Kopfschmerz aufsteigen.

Plötzlich springt ein Schatten mich an und reißt mich aus dem Grübeln. Erschrocken falle ich zurück, zwei Pfoten stützen sich auf meine Brust, es ist der Limon, mein zuverlässiger Hütehund. Mein Vater hat ihn mir da gelassen, er war sein Vermächtnis. Er hat diesen Hund behandelt wie sein eigenes Kind und oft mit ihm gesprochen, was ich damals, selbst noch ein Kind, seltsam fand. Heute mache ich es wie er.

Ich packe etwas zu essen ein, stecke ein Buch in meine Wolltasche und treibe mit Limons Hilfe die Ziegen aus dem Stall. Wir ziehen für den ganzen Tag hoch zur Weide.

Obwohl es so früh am Morgen ist, trägt die Sonne schon ein wütendes Haupt. Ich weiß nicht, wann es zuletzt geregnet hat. Die Erde ist trocken und staubig, Waldbrandgefahr liegt in der Luft.

Nach einer Stunde Marsch sind wir auf unserem Plateau, umgeben von verdurstenden Nadelbäumen, dazwischen kräftige stämmige Carobbäume, die ihre robusten dunkelgrünen Blätter tragen wie einen ungekämmten Kopf.

Ich lasse die Ziegen ihrem Wunsch und Willen nach weiden und werfe mich zu Boden. Limon springt an meine Seite und macht einen Versuch, mit mir zu spielen, aber er wendet sich schnell wieder ab, als er meine Unlust spürt. Ich habe das Gefühl, als wüsste er, was mit mir los ist, als würde er mich verstehen.

Ich öffne meinen Stoffsack und nehme das Landbrot heraus, das meiste davon isst der Limon. Ich kann und will heute einfach nichts essen.

Später wird es feucht warm, die Mücken fliegen tief. Es scheint Regen zu kommen, sicher hat der Wald den Himmel darum angefleht.
Bald darauf sehe ich, dass ich Recht hatte. Zunehmend nähern sich aus der Ferne ein paar helle, felsenartige Gewitterwolken, schwarze folgen ihnen, ein Unwetter schreitet auf die Insel zu.

Ich kann mich kaum erinnern, wie diese Woche verging, aber es ist wieder Sonntag geworden. Sonntag, unser Tag, Sonntag – Mehmet und ich.
Er wird heute abreisen.
Hastig treibe ich meine Tiere aus dem Stall und flüchte, so schnell ich kann, vor der Wahrheit in den Berg.
Die weiße Möwe wird ankommen und ich werde nicht hingehen. Aber ich höre ihr Zeichen, ihren Horn-Gruß, und schon kann ich sie in der Ferne sehen. Ja, ich sehe sie, die weiße Braut, die das Meer schäumt, die uns letzten Sonntag ihr Inneres geöffnet hat.
»Da bist du ja«, sage ich zu ihr, »du Herzensbrecher. Du bist gekommen, um meinen Mehmet von mir zu holen. Stich doch dein Messer in meine Brust und töte mich.«
Ich bin machtlos gegen meine Tränen. Ich werde mich nicht von ihm verabschieden. Ich verkrafte es nicht. Er wird fort sein und ich werde ihn, Gott weiß wie lange, nicht sehen. Wenn ich ihn überhaupt wieder sehen werde.

Plötzlich, zuerst knurrend, dann bellend, springt Limon von seinem Platz auf. Es raschelt in den Büschen. Das Geräusch nähert sich. Einen Moment stockt mir der Atem.
Der Limon ist außer sich – es ist Mehmet, der da auftaucht. Ich kann wieder atmen.
Ich hatte mich in meinem Inneren bereits verabschiedet, ich hatte schon nicht mehr damit gerechnet, ihn heute noch zu sehen, deshalb litt ich, deshalb leide ich so sehr. Mit seinem plötzlichen Erscheinen jetzt stellt er mich zwischen Freude und Trauer ...
Limons ganz unverdorbene Ur-Liebe ist an seinem wedelnden Schwanz zu erkennen, mit großen Sprüngen rennt er auf Mehmet zu und umkreist ihn.

Mehmet schaut mich an, unsere Blicke sind unsicher und verloren, wenigstens meiner. Ich fühle, dass jedes Wort mir sofort zu Tränen werden würde.

Langsam kommt er auf mich zu und bleibt unweit von mir stehen. Zwischen uns ist die Stille, die Gebrochenheit.

»Ich bin gekommen, um mich zu verabschieden«, sagt er, als wäre es ihm peinlich, als schämte er sich dieser Worte, die er nur so schwer über die Lippen bringt. Wir trauen uns nicht, uns dabei anzusehen, aber ich spüre, dass wir beide unter unseren ungeweinten Tränen fast zusammenzubrechen.

»Ich weiß es«, springt mir ein kurzes Wort aus dem Mund, dabei versuche ich ernst und mutig zu bleiben, stur und trotzig.

»Ich habe unser – das Schiff kommen sehen … Es ist nicht mehr unser Schiff.« Dann sage ich verlegen: »Du siehst gut aus.« Ich hatte ihn flüchtig angesehen und festgestellt, dass er gepflegt angezogen war. Wie ein Stadtmensch, sogar mit neuen, glänzenden schwarzen Lackschuhen. Fertig für die Abreise.

Ich höre den Pinienwald atmen, die Wurzeln der Bäume bewegen sich unter meinen Füßen. Nun, der Wald ist schweigsam, er hört dem Anblick zu, er traut sich kein Blatt zu bewegen. Es ist still.

»Es tut mir Leid, Yunus, dass …«

»Was?«, unterbreche ich ihn nervös und ungeduldig. »Es braucht dir nicht Leid zu tun.«

Sein Abschied, das, woran ich bis zum Schluss nicht glauben wollte, ist tatsächlich gekommen. »Ich freue mich für dich. Ich freue mich, dass du zur Schule gehen darfst.« Mein kindliches Herz ist gebrochen. Wie gerne wäre ich selbst weiter zur Schule gegangen. »Es war auch schon immer mein heimlicher Wunsch, aber es soll wohl nicht so sein.«

»Aber Yunus …«

»Nein, Mehmet, sag nichts. Ich freue mich für dich, wirklich. Nur bin ich traurig, so traurig, dass ich dich verliere.« Jetzt kann ich meine verfluchten Tränen nicht mehr kontrollieren, die über mich kommen und die ich schnell wieder wegwische.

»Yunus, mein lieber Yunus! Dass ich gehe, bedeutet nichts, gar nichts! Es wird nichts an unserer Freundschaft ändern, niemals! Es bedeutet nichts, dass ich weggehe, ich werde dich nie vergessen!«

»Ich weiß, wir werden uns niemals vergessen.« Ich versuche

ein Lächeln in meinem Gesicht zu sammeln. Limon ist unser Zeuge und Richter.
»Sobald ich dort bin, werde ich dir jeden Tag schreiben.«
»Ja«, flüstere ich, »schreibe mir ... nicht vergessen, bitte!«
Eine kurze Stille. Limon scheint mehr zu verstehen, als man von einem Hirtenhund erwarten kann.

»Ich muss jetzt gehen, das Schiff, unsere Möwe ...«
Ich lächle und wische meine Tränen ab und nicke mit dem Kopf und lächle.
»Ich weiß, geh! Sonst wirst du hier bleiben.«
»Hier. Für dich.«
»Für mich? Was ist das?« Ich habe gar nicht bemerkt, dass er die ganze Zeit etwas in der Hand gehalten hat. So sehr muss ich wohl mit den Gedanken gestürzt sein.
»Ein Carobbaum ... eine Erinnerung ... damit du an mich denkst.«
Als ob ich nicht an ihn denken könnte. Ich bin still und unbeholfen, starre auf den kleinen, in Zeitungspapier gewickelten Carobbaum und verstehe nichts, verstehe die Welt nicht, verstehe sie noch einmal und wieder von neuem nicht.
»Es soll unser Baum sein«, schlägt Mehmet vor. Es ist mehr eine Entscheidung als ein Vorschlag. Auch er versucht jetzt zu lächeln. »Pflanze ihn an und gib ihm unsere Namen. Ich werde zurück sein, bevor er Früchte hat.«
Wir umarmen uns. Dann überreicht er mir die dunkelgrüne Carobpflanze, streichelt ein letztes Mal Limons Kopf und geht.
Er hinterlässt einen in seinem lebendigen Leib verbrennenden Freund. Es dauert nicht lange, dann breche ich zusammen und schleudere aus Verzweiflung den kleinen Carobbaum wütend zu Boden.

Es dauerte Tage. Ich hatte das Gefühl, keine einzige Träne mehr zu haben, die Augen geschwollen und entzündet, mein Gesicht wie Blei.
Danach wurde ich sehr krank. Lust- und Appetitlosigkeit waren die Folgen – als hätte Satan über mich bestimmt. Ich zog mich in

meine Schale zurück, konnte und wollte niemanden sehen, ich hätte keinen Menschen verkraftet. Niemand hätte mich heilen können. Nur Mehmet hätte mir das Leben zurückgeben können. Gott allein wusste, wo er in diesen Momenten war und was er tat.

Nachts sah ich sein Angesicht, hörte manchmal sogar sein Rufen, er war ein Teil meiner nächtlichen Erscheinungen. Er war Dämon und Engel, war einer, der sich in alles verwandelte, der meine Träume regierte, mich beglückte und bestrafte in einem.

Seine Witze hallten in meinen Trommelfellen wider – wieder und wieder. Ich vermisste seine endlose, immer gleiche Erzählung vom fernen Festland, das ich nie gesehen hatte.

Mein Gesundheitszustand verschlechterte sich drastisch. Ich bekam Fieber und fiel zu Bett. Die Mutter entfernte sich keine Minute von ihrem einzigen Sohn, dem geliebten Sohn, der nicht mehr der Gleiche war wie zuvor.

Als sie einigermaßen sicher war, dass das Leben mich bei sich behalten wollte, sagte sie zu mir: »Immer wieder sprichst du im Schlaf von Mehmet.« Sie kannte unsere innige Verbindung und sie mochte ihn, als ob er ihr zweiter Sohn wäre, er gehörte zur Familie.

Nach und nach sollte ich mich vom Fieber des Mehmet erholen, aber mein Aussehen hat sich seither sehr verändert. Drei Tage lang lag ich entkräftet, in ständigem Schweiß im Bett. Erst am vierten Tag unternahm ich den Versuch, mit dem verlorenen Traum auf schwachen zittrigen Beinen zu stehen.

Am fünften Tag aber will ich raus, raus ins Freie. Ich kann keine Wände mehr sehen, mein Hals ist mir wie zugeschnürt, die Augen verbunden. Ich muss raus! Meine Berge gehen mir ab. Auf die Mutter, die mich aufzuhalten versucht, höre ich nicht. Schnell renne ich zum Stall und treibe meine Ziegen aus dem Haus, ich sehe ihnen die Unruhe und die Kränkung an, vier Tage lang mussten sie warten, ohne ihren Hirten hinter verriegeltem Tor, gefangen in ihrem kleinen tierischen Schicksal. Auch Limon ist außer sich vor Freude. Er weiß, wo es jetzt hingeht. Er ist verspielt, die Treue in seinen Augen ist makellos. Solche Hundefreude!

Wir ziehen hoch. Es ist wie eine neue Geburt, die Rückkehr zum verschollenen Planeten.

Noch klingt mir die Mutter in den Ohren: »Sohn! Bleib hier, du hast noch Schweiß auf deiner Stirne, du bist krank!«

Ihr Rat ist mir heilig und ihr gilt mein ganzer Respekt, aber um keinen Preis kann sie mich jetzt im Haus halten. Ich bin krank, aber ich würde es auf Dauer sein, wenn ich jetzt noch länger liegen bliebe und weiter all die Kräutertees schlürfen würde, die um uns herum wachsen. Sie meinte es gut mit mir, täglich schickte sie die Schwester die Gräser holen, um Heilendes daraus für mich herzustellen.

Was ich jetzt brauche, ist die Luft, der Berg, das Plateau und der Anblick des Seidenmeeres, der Geruch meiner Ziegen, der Ruf des letzten Rotkopfgeiers.

Noch immer bin ich von Mehmets Abschied erschüttert, noch immer kann ich nicht glauben, dass er einfach nicht mehr da ist.

Ich muss an ein Wort meines Vaters denken. Obwohl er ein ruhiger, eher zurückhaltender Mann war und ich selten Lebensweisheiten von ihm gehört habe, scheint er das Leben besser und tiefer verstanden zu haben, als ich je annehmen konnte.

»Seinen jeweiligen Umständen nach geht das Leben weiter«, sagte er einmal. »Jeder hat sein Kismet zugeteilt bekommen, jeder hat sein Päckchen zu tragen. Wir sollten daraus lernen und manche Dinge einfach beobachten, ohne uns darum zu kümmern.«

Mehr als je zuvor ist mir dieser Schritt, weiter ins Leben hinein, jetzt bewusst. Nun nistet ein scheuer Adler in meiner Brust. Zum ersten Mal ist mein Vertrauen ins Schicksal, in dieses zugeteilte Kismet, gebrochen. Hat nicht mein Leben seinen Sinn ganz verloren, wenn mir die Liebe entflohen ist?

DER CAROBBAUM

Auf meinem täglichen Plateau mit dem weiten Blick, von dichtem sattem Gras besät, auf dem Rücken der Fünffingerberge hoch über dem türkisen Blau, das nur vom Weiß der Gischt durchbrochen ist, mit der sich in Küstennähe an den Korallen die Wellen brechen, auf dem Land darüber vereinzelte weiß gekalkte Häuser, die sich in der Höhe verlieren – hier hat Mehmet mir den Carobbaum überreicht und sich verabschiedet.

Ich hatte sie ganz vergessen, die kleine Pflanze, die unsere beiden Namen tragen sollte. Irgendwo hier oben habe ich sie zu Boden geworfen. Es sind einige Tage vergangen, alles, was bei dieser Inselhitze nicht tief in der Erde wurzelt, vertrocknet in kürzester Zeit. Mit diesem Gedanken springe ich erschrocken auf, um sie zu suchen.

Ich finde sie unweit der Stelle, an der ich enttäuscht wurde. Sie ist fast ausgetrocknet, die Blätter sind gelb, zum Teil schon bräunlich verfärbt.

Eine Weile stehe ich mit dem jungen Carob in der Hand da und sinke machtlos in die mich verzehrenden Gedanken. Dann, plötzlich, bilde ich mir einen Moment lang ein, er, der Mehmet, stehe hier vor mir. Es ist ein warmes seltsames Gefühl im Bauch, das ich nicht erklären kann. Ich fühle seine Nähe.

Ich werde nie vergessen, dass in diesem Augenblick die Heilung über mich kam. Aus heiterem Himmel, vielleicht weil mein Kummer in dieser Höhe erhört worden war. Es muss ein Moment der Erleuchtung gewesen sein.

Gottes Lächeln sprudelte plötzlich aus meinen Wangen, ein Wunder geschah, als ich diesen kleinen Carob in der Hand hielt und laut anfing zu lachen. Limon verstand weder mein Lachen noch sonst das Verhalten seines Sahip, seines Herrn, und begann, mich anzubellen. Ich bin mir sicher, er dachte aus seiner Hundesicht, dass dieser kranke bettreife Hirte, der ich war, den Verstand verloren haben musste. Und deshalb lachte ich noch mehr, weil ich merkte, dass er mich für verrückt hielt, der arme Limon.

»Pflanze ihn an, er soll unsere Namen tragen, und ich werde zurück sein, bevor er Früchte trägt.«

Das Echo seiner letzten Worte. Eine neue Auferstehung mit dem Carob in meiner Hand. Noch gestern hatte ich gedacht, ich würde es nicht überleben. Nun war ich frei, fühlte mich ganz außergewöhnlich, Fröhlichkeit rieselte in mich hinein, ich schlüpfte aus meiner verletzten Haut wie eine Eidechse, ich hatte kein Fieber mehr.

In nie da gewesener Freude pflanzte ich den Carobbaum dort auf dem Plateau an, wo er ihn mir übergeben hatte. Das Plateau, die Krone der Berglandschaft, Leuchtturm der Pinienwälder, hier taufte ich ihn »Mehmet und Yunus« und legte Steine um seinen dünnen Stamm herum.

Ich hätte brüllen mögen, Purzelbäume schlagen, jede meiner Ziegen in die Luft werfen, am liebsten auf dem Limon reiten.

Mein wiedererwachtes Glück, die Vorstellung, etwas von ihm zu haben, auch wenn nichts ihn ersetzen konnte, hatte die Freude auf seine Rückkehr entzündet, auf die ich in diesem Moment zu hoffen begann. Ich verbrachte den ganzen Tag glücklich neben dem Carobbaum.

Jeden Tag gieße ich unseren Baum, den ich zum Schutz vor den Ziegen sorgfältig umzäunt habe. Zuerst war ich sehr besorgt, als mehr und mehr Blätter ihre Farbe verloren, gelb wurden und abfielen, aber mein Beten wurde Dünger und der Carob erholte sich rasch. Jetzt sprießen schon neue, kleine, saftige Triebe.

Ich kann zusehen, wie er dahinwächst, wie er von Tag zu Tag größer wird. Seinen Platz scheint er zu mögen, denn er hat eine gute Sicht, sogar die weiße Möwe würde er sehen.

Ja, ich spreche oft mit ihm, so wie ich es mit dem Limon mache, und ich weiß genau, dass sie mich verstehen, auch wenn es so aussieht, als würden sie nur harmlos schweigend hinhorchen. Die Art, wie sie zuhören, ist ihre verständige Antwort, ist ihre Sprache.

Brief vom Festland

Ich bekomme einen zerknickten Brief. Es ist ein langer Brief. Die erste Nachricht von Mehmet, seit er weg ist. Sechs Wochen ist es her.

Vor Aufregung vergesse ich zu atmen. Nervös reiße ich meiner Schwester Ayse den Umschlag aus der Hand, ohne einen Ton zu sagen.

Ich laufe mit dem Brief hoch zu unserem prächtig gedeihenden Baum und setze mich daneben ins Gras. Ich brauche, um diesen Brief zu lesen, seine Nähe, und der Carobbaum erfüllt mir den Wunsch.

Vor Freude verhalte ich mich wie ein Tollpatsch, traue mich kaum, den Brief zu öffnen. Ich bin voller Angst und zugleich überglücklich, dass er an mich gedacht hat. Was wohl drinstehen mag?

Langsam öffne ich den Brief und vergesse das Leben, vergesse alles, was um mich ist. Ich versinke in seine Zeilen.

Yunus, mein Liebster,
letzte Woche habe ich mit der Schule begonnen und bisher komme ich gut zurecht. Hier ist alles anders als in Kyrenia, als in unseren Bergen und Buchten.

Viele Menschen betreten hier den Boden. Sie sind laut und leben die Gewohnheiten des Stadtlebens, ohne zu ahnen, wie schön die Stille ist, wie farbig die Sonne und wie unheimlich die Nächte sind.
Die Autos sind hier die Ziegen der Straßen, in Horden überfluten sie die Stadt. Ein Gebrüll versucht das andere zu erwürgen.
Die Häuser ragen in die Höhe, sie sind gewaltiger als unsere Berge, aber unvergleichbar hässlich. Deshalb schicke ich dir meine Sehnsucht für unsere Berge, an die ich so oft denke ...

Der Anfang war schrecklich schwer. Es war schwer, mich an all das anzupassen, was ich nicht kannte. Selbst die Schule ist umgeben von Lärm und Hektik. Ich glaube, die Ruhe ist hier vor langer Zeit ausgestorben oder sie hat nie gelebt.

Yunus, mein Auge, du wirst staunen, so viele Menschen zu sehen, die an einem einzigen Ort aufeinander gestapelt sind. So viele Geschäfte und Lichter gibt es hier, aber keinen friedlichen Fleck, kein Dorfcafé für einen Insel-Salbeitee, der einen mit seinem Duft anzieht. Es ist jetzt ein Duft meiner Erinnerung.
Dennoch ist das hier ein Leben. Für viele ein Überleben, wie mir scheint.
Aber genug jetzt, ich wollte dich mit alledem nicht belasten, nur deine Neugier auf das Festland stillen.

Und du? Was machst du? Wie geht es dir und dem Limon?

Yunus, ich wünschte, wir könnten das alles gemeinsam erleben, wie jeden Sonntag unten am Hafen in Kyrenia. Dort möchte ich jetzt sein, bei dir, in unserer Ruine oder oben in deiner Höhle am Kopf der Berge.
In drei Monaten sind Schulferien, in dieser Zeit möchte ich heimkommen. Ich kann es jetzt schon nicht mehr erwarten. Nur noch drei Monate.
Vergiss nicht: Berge können nicht zueinander finden, aber Menschen. Du fehlst mir, ich vermisse dich!
In der Hoffnung, die uns bald zueinander führt, bis dann, dein dich liebender Mehmet.

Ich weiß nicht, wie oft ich diesen Brief gelesen habe und wie oft ich ihn noch lesen werde. Ich fühle jetzt deutlicher seine Nähe, er ist bei mir, wie mein Fieber, mein Mehmet.

Zum zweiten Mal, seit er weg ist, überkommt mich das Gefühl der Auferstehung. Ein Brief und ein gemeinsamer Baum, der unsere Namen trägt.

Die Zeit kann zur Qual werden, nie wird sie uns würdig und recht sein. Mal möchten wir sie schnell los haben, mal wünschten wir, sie würde nur im Schneckentempo vergehen, und wollen sie aufhalten. Stell dir vor, manchen wäre es sogar am liebsten, wenn sie stehen bleiben würde! Niemand zeigt sich ihr ebenbürtig. Wir leben mit ihr, aber wir beachten sie gar nicht, wir schauen einfach über sie hinweg.

Flüsse murmeln, sie fließen und toben und ruhen an den Mündungen. Wellen brechen an die immer gleichen, gewohnten, vom Moos der Algen glatt gewordenen Felsen. Mal ist das Meer zornig, mal kommt es mit lieblicher Hand wie die geschmeidige Haut eines Kindes und wiegt uns in unseren Träumen. Die Lieder der Zeit sind betäubend.

Wusstest du, dass die vom Wind geformten Berge an den bunten Wolken vorüberziehen? Mal leise und freundlich, mit Vorsicht und Aufmerksamkeit, mal wütend und feuerspuckend. Sie beschenken dich mit Passat, mit Sturm und Orkan und manchmal mit unbekannten außergewöhnlichen Düften aus der Ferne.

Hier bin ich zu Hause und lese die Heimat direkt aus den kleinen Schuppen der Pinienzapfen.

Ich sehe, wie die Pflanzen sich verändern, wie sie Keime und Knospen treiben und saftige grüne Blätter formen, Glanz und Nektargeruch, von der Sonne versengt und geröstet, vom Passat massiert und geschwächt, vom Regen beschwert und vom Wind wieder fortgetragen.

Siehst du, wie die Zeit vergeht, die sich keinem zurechtformt? Die Gefühllose, Erbarmungslose, in und mit uns lebende Unerklärliche, die ungetaufte Mutterlose, die Zeit.

Kommen und Gehen, Spiel der Wiederholungen, Spiel unserer Veränderungen, der äußeren und der inneren, viele Pläne, keine Pläne.

Am Leuchtturm –
Die versprochene Rückkehr

Drei Monate sind vergangen. Es ist so weit. Heute ist Sonntag, der Mehmet wird kommen, wie er es angekündigt hat. Meine Angst, die unter meiner Aufregung verborgen liegt, ist unermesslich.

Stunden zuvor sitze ich unten am Kai und warte auf seine Ankunft.

Der Hafen ist leer, sogar die Fischer, die sonst um diese Zeit hier ihre Vorbereitungen treffen, um aufs Meer hinauszufahren, sind am Sonntag nicht zu sehen.

Erst nach und nach zeigen sich einzelne Leute, der Wirt öffnet das Hafencafé, die ersten Tavla-Spieler kommen, Mehmets Vater ist heute nicht unter ihnen.

Erst als der große Meeres-Schäumer am Horizont auftaucht, sein langer Kamin den Himmel berührt, füllt sich der Kai rasch mit Menschen.

Ich laufe ihm bis an die Spitze der Landzunge entgegen, wo der Leuchtturm steht, und als er an mir vorbei kommt, laufe ich ihm von dort wieder nach, zurück in den Hafen, in der Hoffnung, Mehmet oben auf dem Deck zu erblicken.

Vor Freude brülle ich: »Er ist da! Er ist da, mein Mehmet!«

Die Möwe ist durch den schmalen Spalt der Hafeneinfahrt gelaufen, sie wirft ihren Anker in das von der frühen Hitze flach gebügelte Wasser und gleitet bis zur Promenade, wo aus der Menschenansammlung inzwischen ein kleiner Bazar geworden ist.

Die Kettentreppen werden rasselnd herabgelassen, die Reisenden und die Seekranken steigen aus, werfen sich in die Arme derer, die auf sie warten. An diesem Morgen habe ich die ganzen letzten drei Monate bereits vergessen, nur die dicke, übergewichtige Sehnsucht rieche ich noch.

Alle steigen aus und diesmal wirkt es auf mich so, als ob alle diese Menschen gekommen sind, um das Festland für immer zu verlassen und sich hier auf der Insel ein Heim zu suchen.

Die Kisten und Lasten werden schon langsam an Bord getragen, aber mein Mehmet ist noch nicht ausgestiegen. Er kommt nicht herunter! Er kommt nicht, und ich weiß nicht, warum. Mein Carobbaum ist nicht gekommen.
Ich schaffe es nicht, im Herzen und auf der Zunge zu wiegen, was ich fühle. Die Enttäuschung ergießt sich in mich, ich bin verstört und starre ziellos ins Nichts. Verletzt in meiner Hoffnung, verdorrt, ausgebrannt, nur noch ein hohler Stamm.
Trotzdem warte ich mit dem letzten vergeblichen Krümelchen Hoffnung darauf, dass noch ein Wunder geschehen könnte, so lange, bis von den Abreisenden der letzte Passagier an Bord gegangen ist. Kurz danach werden die Treppen eingeholt, der Anker wird hinaufgezogen und ergießt einen Wasserfall ins Meer, dann setzt sich das Schiff in Bewegung. Langsam verlässt die weiße Möwe den Hafen, ich folge ihr mit den Augen bis zum Horizont, bis sie nur noch ein winziger Punkt ist und dann ganz verschwindet, nur das Kreischen der Möwen bleibt zurück.
Ich verstehe meine Welt nicht mehr. Noch stehe ich am Leuchtturm, meine Mandelaugen blind vor Traurigkeit. Ich wische mir die Tränen von den Wangen und laufe weg, zum Carobbaum.

Verzweifelt schreie ich, schreie wie eine gebärende Mutter, schreie um mich – wie sonst sollte ich die Enttäuschung verjagen, die mich jagt.
Für einen Moment empfinde ich Hass auf alles, ich möchte diesen verdammten, verfluchten Carobbaum entwurzeln, ihn ausreißen und in Stücke brechen, ich greife nach einem Ast, zerbreche ihn und schlage damit auf den Carob los. Ich schlage weiter, bis ich zusammenbreche, als ich erkenne, was ich dem Baum angetan habe, als ich erkenne, wie sinnlos ich mich verhalte.
Leise fließt mein Kummer. Wie unsagbar hatte ich mich auf diesen Moment gefreut, auf diesen Morgen, der mir die Nacht gestohlen hat, aber ..., aber ..., aber.
Vielleicht ist ihm etwas zugestoßen? Der Gedanke schießt durch mich hindurch, sofort mache ich mir Vorwürfe. Oder er hat das Schiff verpasst? Wie in einem Spinnennetz verfange ich mich in meinen fliegenden Gedanken – Mehmets Vater! Er muss

wissen, warum sein Sohn nicht gekommen ist! So schnell ich kann, laufe ich zu ihm an die Bucht.

Ich habe es geahnt, aber ich habe es nicht glauben wollen.
»Er ist auf dem Festland geblieben«, sagt sein Vater. »In ein paar Tagen werden wir ihn besuchen fahren, deshalb ist er nicht gekommen.«
Das ist es also. Sie wollen weg von hier, vermutlich für immer. Auch wenn sie ihre Habe und ihr Boot vorläufig hier lassen – so ist es immer. Wer geht, kommt nicht mehr zurück.
»Sollen wir ihm etwas ausrichten, oder …?«
»Nein … nein«, antworte ich stumpf. Was soll ich ihm schon zu sagen haben? Nichts.
»Nein«, flüstere ich und gehe dorthin zurück, wo ich gerade herkam.

Er rief ein paar Mal hinter mir her, der ziemlich ergraute, jungfröhliche Mehmetsvater, der vom Wind und Salz so schön zerfurchte Fischer.

Ich hörte nichts, sah nichts, reagierte nicht auf seinen Ruf, der mir tief in den Leib stach, so als fügte er mir absichtlich diesen Schmerz zu.

Ich musste mich mit dem, was geschehen war, abfinden. Auch wenn ich mir einredete, dass er vielleicht wollte, aber nicht konnte – so weit reichte mein Blick nicht in die Ferne, um zu ergründen, was Mehmet davon abgehalten hatte, sein Versprechen einzulösen.

Die Sonne sucht mich heim auf meiner einst sanften, kindlichen Haut. Meine Füße passen schon lange nicht mehr in dieselben Schuhe. Meine Hände sind groß geworden und mein Arm kräftig, ich greife inzwischen mühelos nach Ästen, die ich einst nur mit der Hilfe eines Stocks berühren konnte.

Ich beginne reif zu werden, erwachsen und weitsichtig. Früher habe ich die blaue Wüste des Wassers nur als Blau gesehen, meine Ziegen als gewöhnliche Nutztiere, jetzt sehe ich sie als wunderbare Erschaffung an. Allein eine Wespe, die an mir vorüberbrummt, ist etwas Himmlisches, ein Spatz, kaum zu erkennen in der Dichte des Waldes, wo er nach allem Essbaren pickt, ist ein Wunder der Gottheit, die allumfassend alles miteinander verbindet, ohne einen Unterschied zu machen.

Wir müssen Teile eines Stammes sein, Korn des gleichen Feldes, gesät vom selben Schöpfer, genährt und geerntet am gleichen Ufer des Flusses, in dessen Rauschen unser Trommelfell schwingt. Dort an diesem Fluss, der mit der Zeit mitfließt, gedeihe ich.

Ich sehe, wie alles umher sich laut bewegt. Es ist nicht so, wie es aussieht, als wäre alles in ewigem Tiefschlaf. Nein, ich kann zusehen, wie unser Carobbaum wächst, wie aus einer Hand voll Baum ein Riesenbaum geworden ist, der jetzt ungefähr meine Größe hat und an Stamm und Ästen an Kraft gewonnen hat.

Blüten kommen lebhaft, werden umschmeichelt von Bienen, die sie leidenschaftlich küssen. Sie bleiben, verführen, duften und beschmücken ihre Umgebung, dann verwelken sie und gehen, bis zum baldigen Wiedersehen.

Die Zugvögel kommen und gehen. Gern würde ich die Länder kennen, in die sie jedes Jahr fliegen, aber es ist gut zu wissen, dass sie immer um dieselbe Zeit wiederkehren.

Ich beobachte meine Ziegen, wie sie ihre Lämmer gebären, wie die jungen Zicklein ihnen dann folgen, wie sie schließlich müde und träge werden.

Nur der Limon ist immer der Gleiche, lebhaft, selbstständig und treu. Zwischen uns ist ein Nabel der Liebe, die er sicher als Hundeliebe empfindet.

Abschied von der Mutter

Meine Mutter war schon zu Vaters Zeiten krank, jetzt aber hatte sich ihr Zustand plötzlich sehr verschlimmert. Die Schwester blieb den ganzen Tag über in ihrer Nähe, ich ging stets nur für ein paar Stunden zur Weide, um ihr immer wieder zur Seite zu stehen.

Der Arzt von Kyrenia hatte ihr verschiedene Medikamente verabreicht, er hatte sie vollgestopft damit, seither ging es ihr noch schlechter. Der Mann ist ein Arzt – man würde glauben, er müsse wissen, was er tut, aber wir hatten uns offensichtlich in ihm getäuscht. Er hatte nichts Besseres gewusst, als Ruhe zu verordnen und bunte Arzneien aufeinander zu stapeln, die wir ohnehin nicht bezahlen konnten, sie kosteten mehr, als ich in einem ganzen Monat verdiente.

So zierlich meine Mutter auch war, hatte sie immer viel Kraft gehabt. Jetzt aber fehlte ihr etwas. Bald kannte ich sie kaum noch wieder, sie sah nun wirklich aus wie ein Mensch, der kurz vor dem Tode steht. Sie rang nach Luft, manchmal konnte sie ihre Augen nicht mehr öffnen.

In meinem Misstrauen gegenüber dem Arzt entschloss ich mich, den Greis aufzusuchen, der oben am Berg lebte und alle Kräuter kannte.

Zu ihm war mein Vater früher immer gegangen, wenn einem von uns etwas fehlte. Ich weiß noch, wie ich einmal von einem frei laufenden Köter in den Hintern gebissen wurde. Damals brachte mein Vater mich zu dem Kräutermann, er behandelte mich mit verschiedenen Wildpflanzen und die Wunde verheilte im Nu.

Jetzt stand ich vor ihm und erklärte ihm, wie es um meine Mutter stand. Geruhsam, wie ein letztes Lächeln, so sah er mich an und ließ sich mit Geduld und voller Mitgefühl meine Sorgen erzählen. Dann bat er mich in sein Haus und begann, aus verschiedenen Schubladen und Stopfsäcken getrocknete Kräuter zusammenzutragen.

»Jedes Gras dient für eine Krankheit«, sagte er und mischte sie. Dabei nannte er mir Kraut um Kraut die Namen all dieser Pflanzen, aber ich konnte sie mir nicht merken.

Draußen vor dem Haus machte er ein kleines Feuer und setzte einen Kessel mit den Kräutern auf. Während der Sud köchelte, sprachen wir über die Heilkraft, die uns in diesem Wunder der Natur als Geschenk gegeben ist.

Dreimal täglich sollte ich der Mutter den Saft auf nüchternen Magen eingeben.

Zu Hause begann ich sogleich, sie damit zu pflegen und gab ihr den ersten Schluck.

Schon gegen Abend öffnete die Mutter ihre Augen. Sie konnte sogar, so geschwächt sie war und so sehr sie auch unter der betäubenden Wirkung der bunten Medikamente stand, mit uns sprechen. Die Kräuter des alten Mannes schienen bereits zu helfen.

Am nächsten Tag riss mich früh morgens ein Schrei aus meinem flüchtigen, besorgten Schlaf. Es war die Schwester.

»Yunus! Die Mutter, die Mutter!«

Nein, mein Gott, ich flehe dich an, lass es bitte nicht wahr sein.

Regungslos lag die Mutter in ihrem Bett. Sie war tot. Sie hatte die Medikamente erbrochen, ihr Gesicht und ihre Hände waren kalt. Sie musste in der Nacht gestorben sein.

Meine Kräuter hatten ihr die letzten gelinderten Stunden geschenkt, aber es war bereits zu spät, der Tod war schon um sie gewesen, sie hatte sich schon auf dem Ende ihres Pfades befunden.

Wie es ihr Wunsch war, begruben wir sie auf dem Dorffriedhof an der Seite ihres Mannes.

So folgt eines dem anderen. So tritt unser Leben manchmal in eine ungeplante und unerwartete Schicksalsmelodie, und wir müssen zu ihr tanzen und unsere Schritte den Wegmarken anpassen, die sie setzt.

Erhofft, aber nicht erhalten, erwartet, aber enttäuscht, weiter gehofft, weiter enttäuscht. Ich habe gelernt, dass die leeren Hände nur durch ständiges Hoffen und Erwarten entstehen, im großen Gelände aber existiert weder das eine noch das andere, seltsam und unheimlich, nicht einmal die Leere.

Um diese Leere diesmal zu erkennen, bevor ich in sie hineinfiel, öffnete ich mein drittes Auge. Es musste auch ohne die Mutter weitergehen, auch ohne sie mussten wir weiterhin leben. Ich hatte eine Schwester, die auf mich angewiesen war, und jetzt war ich ihr Vater und Mutter und Freund.

Ich trete aus der Finsternis der Schlafhöhle und finde den verlorenen Verstand wieder. Ich rufe nach der Wirklichkeit, um mir beizustehen, um alle die Illusionen wegzuprügeln, mit denen ich mich selbst aufgebe, die mich in einen Schlummer zwingen und mein Leben verdunkeln, anstatt es zu erleuchten.

Eine lange Zeit musste vergehen, bevor ich durch den langen Tunnel des Nachdenkens wieder ins Licht gelangen durfte. Wohin sonst hätte ich mich zwischen den schwarzen Wänden um mich herum und der Leere wenden sollen, wenn es doch nur den einen gibt.

Mit einem bisschen gesunden Verstand lässt sich ja erahnen, dass das, was wir als Zukunft bezeichnen, anders kommen wird, als wir es vorausplanen und uns vorstellen.

Benötigen wir denn tatsächlich so etwas wie einen Kompass zum Gehen, wo unser Leben doch dem aller anderen Lebewesen gleicht? Der eine wird geboren, um am gleichen Tag zu sterben, der andere braucht etwas länger, aber letztlich gehen wir alle. Wir brauchen keinen Zukunftsmeilenstein und keine Vorräte für eine Zeit, von der wir nicht einmal wissen, ob sie kommen wird. Vielleicht wird uns das erst bewusst, wenn der Tod einmal unseren Leib gestreift hat, wenn wir einmal mit verzogenem Mund den vergorenen Geschmack des Todes gekostet haben, wenn er uns einmal beinahe adoptiert hätte – er, der jederzeit zu uns gehört, auch wenn wir nichts von ihm wissen wollen.

Ich glaube aber, dass es einen Weg gibt, der vom Tod nicht beachtet wird. Er ist schmal, lang und hell erleuchtet. Schau hin, wir werden ihn leicht finden. Aber lasse bitte deinen Koffer zurück, denn du brauchst auf diesem Weg nichts als ein reingewaschenes Herz. Sieh nicht wehleidig nach hinten, wenn du alle dabei verlassen musst, denn sie kommen bald nach und du wirst sie wieder sehen. Komm, vertrau mir, lass deinen Koffer da, wo er hingehört, denn du kannst nichts mitnehmen, weil du nichts mitgebracht hast.

DIE ERSTEN FRÜCHTE
DER CAROBSTENGEL

In dieser Zeit erhielt ich einen Brief von Mehmet. Ich hatte schon kaum noch daran geglaubt, da ich so lange ohne Nachricht von ihm geblieben war. Er erklärte mir, weshalb er zu Beginn der letzten Ferien nicht kommen konnte. Aber das wusste ich ja bereits von seinem Vater. Ein Brief vom Festland braucht bis auf unsere Insel manchmal viele Wochen, wenn er unterwegs nicht sogar für immer verloren geht.

»Ich sehne mich nach allem dort«, schrieb Mehmet öfter und versprach, in den nächsten Ferien sicher zu kommen. Er ließ meine Familie grüßen – vom Tod meiner Mutter wusste er noch nichts – und er grüßte den Limon und unseren Carobbaum.

Ich freute mich über diesen Trost, als ob morgen die Schulferien beginnen würden, obwohl es bis dahin noch sechs Monate waren.

Die Bergwolken ziehen die Zeit mit sich, sie bringen sie von einem Ort zum anderen, sie spenden Regen, Hagel und zornigen Sturm. Sie laden sich von neuem auf und fallen erneut herab, die gleichen Streifen ziehend, eine andere Zeit mit sich führend.

Wir ändern uns alle, so wie am Berg die Tiere und Pflanzen von den Jahreszeiten regiert werden. Grünes Gras, dann grüne Blätter, Blüten, braune Blätter, sie kommen und gehen, aber sie kommen mit Sicherheit, das ist der kleine Unterschied zwischen uns und ihnen.

Meine Lämmerziegen sind zu Muttergröße herangewachsen und der Carobbaum, unser Carobbaum, ist hoch hinaufgewachsen. Dieses Jahr hat er Blüten, bald wird er bereit sein, Früchte zu geben. Der Mehmet müsste kommen, denn er versprach hier zu sein, bevor der Baum Früchte trägt.

Dann war es so weit. Der Carobbaum gab die ersten Früchte, die langen braunen Schoten, an denen dicker Sirup herabtropft. Aber der Mehmet kam nicht.

Ich sitze unter dem Carob, rieche die Schoten. Noch hoffe ich auf ein Wunder und warte im Stillen auf seine Ankunft, denn unser Baum feiert heute seinen ersten Geburtstag.

Es ist eine heimatlose Zigeuner-Zeit, die viele Jahre mit sich fortgerissen hat. Viele fortgerissene, vergangene Jahre.

Oft schon hat der Carobbaum nun Frucht gegeben. Jedes Jahr wurden es mehr, groß sind sie, schmackhaft und saftig. Meine Ziegen mögen seinen wuchtigen, in der Brise liegenden Schatten. Es ist ein stattlicher Baum geworden. Wer weiß, wie lange ich seinen Umfang noch umarmen kann. Ich sitze gerne auf der von mir geschnitzten Holzbank unter seinen Schoten. Er bewahrt mich vor der Hitze, die Land und Kehle vertrocknet.

MEINE SCHWESTER AYSE

Einige graue Strähnen ziehen sich schon durch mein Haar. Ich bin 29 Jahre alt. Auch mein Vater wurde damals in jungen Jahren schon von diesen Spinnenfäden benäht.

Meine Schwester Ayse hat morgen ihren 27. Geburtstag. Seit längerem bin ich in Unruhe und Sorge, denn ich mache mir Gedanken über ihr Leben. Sie arbeitet viel, um mit Mühe und Not unser Zuhause zu erhalten. Zu ihrem Geburtstag habe ich für sie aus der Hauptstadt ein wunderschönes Kleid besorgt und ihr versprochen, an diesem Tag einen Ausflug zu machen – zuerst nach Lefkosa und von dort weiter in Richtung Süd-Osten an die Strände von Gazimagusa.

»Alles Gute, Ayse, deine weltlichen Wünsche sollen dir in Erfüllung gehen.« Ich küsse sie auf die Stirn und wir umarmen uns.

Wir nehmen den Limon mit und fahren von Kyrenia mit dem Bus zuerst nach Lefkosa. Wir möchten die Stadt genießen, auch wenn sie in zwei Teile geteilt ist. Unten in Lefkosa treffen wir an der Bushaltestelle Erdal, einen Freund von Ayse, mit dem sie schon gemeinsam zur Schule gegangen ist. Sie hat ihn zu diesem Ausflug eingeladen. So machen wir uns auf in den Tag, der uns alle, besonders aber Ayse, mit Freude und Glück beschenken soll.

Erdal kennt Lefkosa sehr gut. Er erzählt uns viel von der Geschichte der Stadt und führt uns von Viertel zu Viertel – wenn auch nur auf der türkischen Seite, denn in der Mitte der Stadt stehen die bewaffneten Soldaten und es ist strengstens verboten, diese Linie zu passieren. Nur die fremden Wachposten, Soldaten der UNO-Friedenstruppe, die als Schiedsrichter hier eine schwierige Rolle spielen, haben Zugang zu beiden Seiten.

Wir essen und kaufen ein und staunen über den Reichtum des Angebots auf den Märkten.

Von meinem Ersparten kaufe ich ein kleines Goldkettchen für Ayse. Zuerst lehnt sie das Geschenk erschrocken ab, aber ich wünsche es mir so sehr, dass sie es schließlich annimmt – dabei weint sie vor Freude.

Ich ahnte es schon und spüre es jetzt mit Gewissheit, dass sie mich bald verlassen wird, denn man merkt, dass die Verbindung zu Erdal eine Liebe ist. Es war ihre erste Liebe, sie ist es bis heute geblieben und sie scheint sie glücklich zu machen. Sie traut sich aber nicht, mit mir darüber zu sprechen, und Erdal erst recht nicht, denn er ist scheu und zurückhaltend.

Es kommt mir fast so vor, als hätte er ein wenig Angst vor mir, denn immerhin bin ich Ayses Bruder und die Ehre einer jungen Frau ist etwas Heiliges, da könnte der Bruder sich aufregen und böse werde. Nicht aber ich, der ich das Leben mit seinen offenen Wunden liebe.

Von Lefkosa aus fahren wir nach Gazimagusa, essen dort mit großem Genuss Kuchen auf der Stadtmauer und trinken Salep dazu, den süßen, milchig geschmeidigen Ochideensaft, auf den wir uns schon seit dem Morgen freuen.

Es ist Nachmittag geworden und die Sonne brennt auf die Stadtmauer herunter. Wir gehen zum Schwimmen an den großen Strand in der Nähe der Stadt.

Danach muss Erdal aufbrechen. Ich lasse die beiden ein paar Minuten allein – dennoch bleibe ich der Bruder im Hintergrund, der eine leichte Härte in sich trägt, die er nicht verstecken kann und will. Mit einem langen Blick auf Ayse verabschiedet sich Erdal von uns.

Mit Sicherheit wird dieser Tag in seiner Schönheit und Wunderbarkeit für Ayse immer etwas Besonderes bleiben, einer der Tage, die das Salz des Lebens sind und ihm sein Aroma geben. Ich kann ihr ansehen, dass sie sich wie neugeboren fühlt.

Noch bevor der Abend zu Ende geht, spreche ich mit ihr.

»Ayse. Es ist Zeit, dass du heiratest, findest du nicht?«

Sie ist still, eine gewisse Scham hält ihren Blick zu Boden gesenkt.

»Du musst eine eigene Familie gründen, daher dachte ich ...«

Nun sieht sie mich fast angstvoll an.

»Ich dachte, Erdal wäre ein guter Mann für dich, er ist achtsam und ehrlich.«

»Aber, Bruder ...«
»Sage nichts. Du magst ihn doch, oder täusche ich mich?«
»Ja«, flüstert sie und umarmt mich. Sie bedankt sich für den wunderschönen Tag, für den ich mich bei ihr bedanke.

Draußen vor der Tür hören wir den Limon schnarchen, der erschöpft von all den Eindrücken im Traum die Bilder dieses Tages noch einmal sieht.

Zwei Monate später heirateten Ayse und Erdal. Sie zog zu ihm nach Lefkosa. Zweimal in der Woche kam sie mich besuchen. Ihre Anwesenheit fehlte mir sehr.

Ein Jahr danach gebar sie ihren ersten Sohn, zwei weitere folgten, dann zogen sie aufs Festland. Auf das verdammte Festland, das ich immer noch nicht zu sehen bekommen hatte. Ich weiß es bis heute nicht, warum alle dort hinziehen, ich kann es nicht verstehen.

Wenn es ihnen möglich ist, kommt Ayse mit ihrer Familie einmal im Jahr zu Besuch auf die Insel.

Ferne Freunde

Es sind 19 Jahre vergangen, seit Mehmet von hier wegging. Mehmet, der damals noch im Jahr seiner Abreise wiederkommen wollte und von dem mir bis heute jede Spur fehlt – außer der seiner Briefe, die sich in großen Abständen noch an eine fast vergessene Freundschaft erinnern.

Damals, als wir uns voneinander trennen mussten, waren wir beide 14 Jahre alt. Wer weiß, wie er jetzt aussehen mag. Er wollte mir ein Foto von sich schicken, aber es kam nie an. Er fragt mich noch jedes Mal nach unserem Carobbaum. Er könnte jeden Orkan zur Ruhe zwingen, so groß, breit und mächtig ist er geworden. Ich weile immer noch gern in seinem Schatten und meinen Ziegen ist er Heimat und Schutz geworden.

Auch in seinem letzten Brief verspricht Mehmet wieder, dass er nun sicher, sobald es ihm möglich sei, endlich kommen werde. Aber an diese Worte bin ich nun gewöhnt wie in der Kindheit an die Schlafgesänge der Mutter.

Er schreibt, dass er sein Studium beendet habe und Anwalt geworden sei. Aber er möchte noch weitermachen und Richter werden. Davon hat er schon als Kind in unserer Ruine immer gesprochen. Aber wer hätte damals bis zum heutigen Tag voraussehen können ... Mehmet, ein Richter? Ein Freudelächeln macht sich frei über meine Lippen – er, den ich als unübertroffenen Kuchenesser am Hafen kannte, wird jetzt ein Richter werden.

»Das Leben«, denke ich leise, atme tief ein und schüttle meinen Kopf. »Bis bald, Mehmet, falls eines Tages ein Wunder über uns kommt.« Seltsamerweise habe ich daran nie gezweifelt und immer wieder neu die Hoffnung geschöpft, dass er irgendwann plötzlich vor mir am Hafen stehen wird.

Man kann sich an die Stille gewöhnen, aber still bleibt sie dennoch. Ich gehe auf die Weide und bleibe manchmal über Nacht hier oben, denn auf mich wartet keine Seele, ob ich dort unten bin oder hier oben, spielt keine Rolle. Seit die Schwester weg ist, gehe ich nicht gerne nach Hause. Die Stille ist zu still. Und mein Zuhause, das sind die Weiden.

Gestern habe ich einen ganz zerknickten Brief von der griechischen Seite Zyperns erhalten, der anscheinend viel durchgemacht hat, bevor er mich erreichte. Es ist ein Riesenglück, dass er nicht verloren gegangen ist.

Der Brief ist von Kostas, einem Kindheitsfreund von mir. Als der Krieg damals ausbrach, flüchteten wir, Kostas Familie blieb dort. Seither haben wir uns nicht mehr gesehen. Das muss nun gut 25 Jahre her sein. Ich erinnere mich nur noch mit Mühe an diese Zeit.

Ab und zu bekomme ich Nachricht von Kostas. Es ist schön, zu wissen, dass er den Krieg überlebt hat und dass unsere Freundschaft auch aus der Ferne noch lebt. Es hat mich sehr mitgenommen, als ich damals erfuhr, dass er durch eine Handgranate am linken Bein verletzt worden war und jetzt sein Leben lang nur mit Hilfe von zwei Stöcken gehen kann. Jedes Mal, wenn ich daran denke, verfluche ich alle Kriege und ihre Gesetze und alle Soldaten, die ihnen dienen. Wofür trugen sie bloß die Schuld, all jene Gefallenen und Verletzten? Am Ende doch nur für ihre Unschuld.

Er sei seit langem krank, schreibt Kostas mir in diesem Brief, ohne aber mehr darüber zu sagen. Ich erfahre, dass er verheiratet ist und dass er zwei Kinder hat. Wie freue ich mich mit ihm.

Weil ich ihn in meinem letzten Brief darum bat, erzählt er mir jetzt von der Gegend, in der damals alles begann. Und er schreibt mir von dem blauen Stein, den ich ihm bei unserer Flucht als letztes Geschenk machte.

Zu wissen, dass es den jeweils anderen noch gibt, beruhigt uns beide. Und obwohl wir in verschiedenen Ecken dieser nicht allzu großen Insel leben und uns nicht sehen können, und trotz der vielen vergangenen Jahre, die uns trennen, sind wir dennoch froh, uns zu haben.

»Wir dürfen uns nie vergessen«, schreibt er diesmal. Allein dieser Satz schüttet siedendes Öl in mich, dass mich erbärmlich verbrennt. Auch wenn ich einmal sterben muss, wünsche ich mir, diese Momente von damals mit mir nehmen zu können.

»Kannst du es dir vorstellen«, schreibt Kostas, »dass eines Tages die verminte Grenze geöffnet wird, dass die Soldaten ihre

bedeutungslosen Fahnen tauschen und wieder Freunde werden, als hätten sie einen Schluck Weihwasser getrunken und sich geschworen, nie wieder ihre Waffen zu berühren? Kannst du dir das vorstellen, Yunus?«
Er spricht von meinem ewigen Traum, an den ich fest glaube. Eines Tages werden die unsinnigen Stacheldrähte niedergetreten werden, alle verschlossenen Tore werden kleingeschlagen werden, weil die Menschen diese Situation auf Dauer nicht mitmachen werden.
Der Hoca wird zum Priester finden und der Priester zum Hoca. Die Glocken der orthodoxen Kirchen werden wieder neben den Moscheen erklingen und die Männer werden in den Häfen von Kyrenia, Famagusta, Limassol und Larnaca wieder gemeinsam Tavla spielen und dabei mit Wonne den schäumenden türkischen Mocca schlürfen.
Bald! Du wirst sehen. Wir werden es nicht unseren Kindern überlassen. Wir werden zusammen von Paphos bis Karpaz marschieren, ihr, Kinder der gottgläubigen Griechen, wir, Kinder der gottgläubigen Osmanen.

Das Mädchen auf der Treppe

Aysun. Die Aphrodite aus der Sage, der ich meinen Geist zu stehlen gab und die ihn als fehlerlose Räuberin stahl, ohne mit der Wimper zu zucken. Ich kenne sie noch so, wie sie klein und zierlich auf der Treppe ihres Elternhauses saß und mit den Katzen spielte. Jedes Mal, wenn ich vorüberging, grinste sie mich frech an und ich warf ihr ein ebensolches Lächeln zurück.

Vorgestern saß sie noch auf der Treppe, gestern noch auf dem Balkon. Von dort aus beobachtete sie mich als junges Mädchen. Wenn ich zu ihr hinsah, lachte sie. Entweder war sie unheimlich schnell gewachsen, oder aber ich kam mit dem Vergehen der Zeit nicht zurecht. Sie entwickelte eine Gestalt zum Hinterherpfeifen. Sie war ein Bild von einem jungen Mädchen. Sie wusste ihren zierlichen Leib zu pflegen. Frühzeitig hatte sie die Schwäche der Männer entdeckt und genoss es, angesehen zu werden.

Nicht im Traum hätte ich damals, als ich gerade erwachsen wurde, daran gedacht, dass sich mein Geist einmal um das kleine Mädchen auf der Treppe kümmern würde. Aber anscheinend war ihr freches Lächeln tatsächlich für mich bestimmt. Anscheinend war dieses Lächeln mein Schicksal, das mich traf, von der Treppe aus, und dann vom Balkon.

Die flammende Zuneigung und die Vergesslichkeit, die damit einherging, bemerkte ich erst, als die Schwester Ayse von Zuhause wegging. Gewiss wurde Aysun ein Trost für die klaffenden Lücken, die Mehmet in meiner Seele hinterlassen hatte, auch wenn ich sie nicht mit ihm vergleichen kann. Aber ich glaube, ich hatte mich in sie verliebt – mehr als das, ich liebte sie.

So wurde damals auf der Treppe das erste Blatt einer vorbestimmten Liebe geschrieben. Viele Jahre später nahm sie unter meinem Dach ihren wirklichen Anfang, unter dem ich bis dahin, ohne dass es mich gestört hatte, in meiner Einsamkeit zwischen der Weide und den Ziegen gelebt hatte.

Aysun war 22 Jahre alt, ich 33, als wir letztes Jahr heirateten. Ich hatte Mehmet geschrieben, aber wie vermutet konnte er nicht kommen. Wie gerne hätte ich ihn dabei gehabt, wie gerne auch Kostas, aber es sollte nicht so sein.

Ayse, ihr Mann und ihre Kinder kamen als meine einzigen Familienangehörigen vom Festland, und so feierten wir meine Hochzeit bescheiden, aber gemütlich mit Aysuns Familie und ihren vielen Verwandten.

Inzwischen habe ich eine Tochter. Ihre Mutter gab ihr den Namen Defne. Klein ist sie, zart und zerbrechlich wie ein Neugeborenes der Ziegenlämmer.

Die Stille der Zeit

Falten der Jahre und der Sonne haben sich in meine offene, denkende Stirn geprägt.

Ein Jahr nach meiner Hochzeit erhalte ich eine Nachricht, die mich tief betroffen macht: Kostas ist an seiner Krankheit gestorben. Ich erinnere mich daran, wie er in einem seiner letzten Briefe davon sprach, ohne Näheres zu erklären. Kostas, der niemals die Insel verlassen hat. Außer seiner Umgebung kannte er keine andere Welt, so wie auch ich nur meine Welt kenne. Seine Sehnsucht nach dem Festland hat er mir einmal in einem Gedicht mitgeteilt, sorgsam auf ein weißes Blatt Papier geschrieben.

Wie ein Muttermal wird er mich bis ans Ende meines Lebens begleiten. Ich habe ihn, den ich wegen der bewaffneten Grenze nicht sehen konnte, aus der Ferne geliebt. Kostas, mein Kindheitsheld.

Die vergehende Zeit kommt in Wogen, die sich immer wieder brechen, zurückfluten und neu anschwellen. Auch die Alten unter den Nachbarn, die heute nicht mehr leben, zeugen davon.

Mit neuen Augen bleibe ich stehen, wenn ich einen Vogel singen höre, wenn ein Murmeltier meinen Pfad streift oder ein Hase an mir vorüberhüpft. Ich sehe sie mir an, bewundere sie und liebe sie, so wie jeden Baum und die Ameisen auf dem Waldboden, so wie die Feldmaus, die von einem Halm zum anderen rennt, um sich ihren Teil von den übrig gebliebenen Carobschoten und Oliven zu holen.

Ich liebe sie, diese betörende Vielfalt und die Farbenpracht, unter der die ganze Insel duftet.

Ich habe Angst, die Pflanzen zu zertreten, die überall um die Wette aus der Erde schießen und einen samtenen Teppich bilden.

Ich bin erfreut und zugleich erstaunt, wenn der Himmelskönig die Lüfte erbeben lässt, die er beherrscht.

Meine Gedanken und das, was um mich geschieht, erlebe ich

nicht als rauschenden Strom, der alles, gleichgültig, was es sei, in einem einzigen Wasserfall mit sich reißt – an nichts gehe ich teilnahmslos vorüber, alles ist mir Genuss, wertvolle Kost und Geheimnis, nach dem ich Verlangen habe und das ich benötige, um zu leben. Ich bin erfüllt und eins mit allem. Aufwachen und Einschlafen sind reine Kinderfreude, den beginnenden Tag noch vor seinem Erwachen beobachten zu dürfen ein Geschenk.

Das Aufgehen und den Lauf der Sterne kenne ich genau, ich kenne es, wie sie ohne Kämpfen und Drängen ihre Plätze einnehmen, und ich weiß, wo sie hinziehen. Der Erste unter ihnen, mein Hirtenstern, ändert sich nicht und scheint nicht alt zu werden, er ist derselbe wie vor vielen vielen Jahren in meiner Jugend.

Geruhsam, wie immer meine Ziegen vor mir hertreibend, gehe ich den Abhang hinunter, gehe nach Hause mit dem Klang ihrer Glocken in den Ohren.

So vergehen die Jahre. Blüten, Früchte, fallendes Laub und wieder Blüten. Bäume gewinnen an Kraft, Menschen verlieren sie und werden schwach, Kinder wachsen heran und werden groß. Ich gehe den Berg langsamer hinauf und lege Pausen zwischendurch ein, denn meine Knie sind befallen vom Schimmel des Alters. Unsere Welt ist in einem Wandel begriffen und diese Umwandlung macht auch vor meinem Leben nicht halt. Als unsere Tochter Defne 18 war, wurde ihr plötzlich der Horizont der Insel zu eng, er begrenzte ihre Gedanken und sie platzte fast vor Tatendrang. Sie will die Welt erobern, und diese Eroberung bedeutet, die Insel zu verlassen. Sie will alles kennen lernen, was ihrem Verstand und ihrem Talent die Stirn bieten kann.

Noch vier Jahre konnten wir ihr mit Bitten und Versprechungen abringen, und schickten sie nach Gazimagusa auf die Universität, wo sie Politikwissenschaften studierte. Aber auch diese vier Jahre gingen vorbei – womit sollten wir sie danach noch aufhalten?

Eine Tochter, die von dem Gedanken besessen ist, in die Politik zu gehen, um die Welt zu verändern, muss letztlich ihren Weg gehen. Also gaben wir ihr unseren Segen und sie ging nach Istanbul.

Alle waren da – Nachbarn, Kinder, Hunde, Hoca und Priester

Früher kamen sie an den Sonntagen alle auf dem Dorfplatz zusammen. Nachbarn, Kinder, Hunde, der Hoca und der Priester. Und sie alle kannten und mochten sich und machten aus ihrer Abstammung keinen Unterschied.

Ich sehe das Bild, von dem mir mein Vater so oft erzählte, lebendig vor mir – wie die Männer den Damen zuzwinkerten, wie der heilige Hoca mit dem ehrwürdigen Priester ins Gespräch vertieft war, wie der griechische Zypriot mit dem türkischen Zyprioten scherzte und Tavla spielte. Sie dachten und glaubten verschieden und verehrten dennoch denselben Gott, der im Himmel und im Kreis weilte und sie beobachtete. Wie eine große Familie hielten sie zusammen und das schloss die Auseinandersetzungen mit ein, die in jeder Familie vorkommen. Fern von allem, fern von den großen Kontinenten, von denen das Übel ausgeht, eine Insel, auf der man friedlich zu leben wusste.

Sie waren Brüder und Schwestern, verheirateten ihre Kinder miteinander, die wiederum Kinder gebaren, die das Blut beider Völker in sich hatten. Sie sprachen zwei Dialekte, kannten die gleiche Küche und vereinten sich unter zwei Fahnen.

Eines aber übersahen sie. Das waren die hungrigen, tollwütigen Wölfe unter ihnen, die reißenden Fleischdämonen, besessen von Blut und Macht, die diese sensiblen Sonnenbrüder verfeindeten.

Sie waren es, die für den Aufstand sorgten, bis einer in der Unsicherheit Schutz suchte und als Erster schoss, als Erster tötete. Von diesem Moment an brannte das Feuer und die Unterwelt nährte umsichtig den Brand: da und dort Mord und Vergewaltigung auf beiden Seiten, bis die Angst auch den Letzten heimgesucht hatte und sie alle zur Waffe griffen.

Plötzlich erstand ein seltsamer Stolz, als würde er sich aus schwerem Schlamm erheben, der scheinbar tief verborgen in jeder Brust Wache hält. Und zwei Fahnen wurden gegeneinander in die Luft gestreckt – mit dem bestialischen kalten Heimathymnen-Blick, als handle es sich nicht mehr um Menschen, sondern um Gespenster, um irgendwelche ungeraden Gesichter aus dem Universum. Die so genannte Ehre kann tödlich sein, aus heiterem Himmel war sie plötzlich da. Sie erfand die Worte »Mein Land«, »Meine Insel«, obwohl sie doch beiden Gruppen gehörte.

Niemand bemerkte anscheinend die Hassprediger, die zwischen ihnen frei herumliefen, als wären sie heilige Imperatoren, von einem falschen Gott gesandt, um das Wort von der »Freiheit« unter sie zu streuen – von einer Freiheit, die bedeutete: ein einziges Land, ein einziges Volk, den Rest ins Wasser treiben, ertränken, aufhängen oder verbrennen und zuvor vergewaltigen. Sie wurden aufgehetzt wie Kampfhunde, dabei waren beide Seiten von Anfang an auf der Seite der Verlierer.

Niemand bestieg die blutige Bühne, um sie von dem bittern Betrug abzuhalten. Ihre Augen waren blind, ihre Hände trugen Waffen, Nachbar schoss auf Nachbar, Kinder, die denselben Fußballplatz betraten, steinigten sich gegenseitig, weil sie Griechen und Türken waren.

Das Gleichgewicht eines wunderbaren Zusammenlebens auf einem von der Schöpfung verwöhnten Himmelsland war für immer gestört. Die meisten verstanden erst viel später, was das für ihr Leben bedeutete. Die gemeinsame Heimat wurde mitten durch die Küchen in zwei geteilt. Türkische Zyprioten siedelten auf die Nordseite und griechische Zyprioten auf die Südseite. Freunde wurden auseinander gerissen, die gute Nachbarschaft war zu Ende, Hoca und Priester kehrten jeder zum eigenen Altar zurück, wo sie für den Frieden beteten und weinten. Die Militärflugzeuge und Bomben aber waren stärker als ihre Gebete, die der Krieg besiegte – es gab in diesem Krieg keinen Sieger außer dem Krieg selbst, keinen triumphierenden Tanz der Feuer. Wenn einer glaubt, ein Volk oder ein Land besiegt zu haben, dann sehe man ihn sich an, denn so sieht ein Verlierer aus. Blamiert durch sich selbst, durch den Ruin, in den er mit dem fremden Volk auch sein eigenes Volk getrieben hat, bloßgestellt durch den Hass, den er damit auf sich gezogen hat.

Aber du wirst sehen, bald werden alle Tore geöffnet. Der Hoca wird zum Priester finden und der Priester zum Hoca. Die Glocken der orthodoxen

Kirchen werden wieder neben den Moscheen erklingen und die Männer werden in den Häfen von Kyrenia, Famagusta, Limassol und Larnaca wieder gemeinsam Tavla spielen und dabei mit Wonne den schäumenden türkischen Mocca schlürfen.

Der Krieg

Ursprünglich kommen wir aus Limassol, von der untersten südlichen Spitze Zyperns. Dort sind Mehmets und meine Vorfahren her und dort starb mein Freund Kostas.

Ich erinnere mich schemenhaft an das, was damals passierte. Ich war noch klein, ein verspielter Knabe von sieben oder acht Jahren.

Mein Vater nahm mich mit angstvollem Blick bei der Hand.

»Nimm nur das Nötigste, lass alles andere stehen!«, sagte er eindringlich zu meiner Mutter. »Komm, Yunus, wir kommen bald wieder her. Wir kommen bestimmt zurück.« Damit zog er mich aus dem Haus.

»Schnell!«, rief er draußen. »Sie kommen, beeilt euch!« Dann lief er noch einmal ins Haus. Als er zurückkam, hatte er das alte Jagdgewehr in der Hand, das er von seinem Vater geerbt hatte. Er hatte es nie benutzt, sorgfältig verwahrte er es in einem Schrank, manchmal durfte ich es anschauen, wenn ich ihn darum bat.

Ich verstand nicht, was vor sich ging, aber ich sah meinen Vater an und verstand, dass es ernst war. Auf der Flucht spürte ich zum ersten Mal in meinem Leben Angst. Meine feuchte, kleine, zitternde Hand lag in der meiner Mutter. Sie sagte nichts, aber ich hörte ihr Herz schlagen. Immer wenn sie nicht sprach, wusste ich, dass etwas mit ihr nicht stimmte, aber an diesem Tag war es noch etwas anderes, ihre Augen waren anders und ihre Hand hielt mich fester als sonst.

Mein Vater war aufgeregt, der Schweiß rann ihm übers Gesicht.

»Das kann nicht wahr sein! Es ist so weit. Ich will es nicht glauben, ich will es nicht glauben«, stammelte er leise vor sich hin. Dann rief er laut: »Allahu-Akbar, Allahu-Akbar!« In seiner Bestürzung und der Sorge um uns betete er zu Gott. Nie zuvor hatte ich ihn so gesehen. Dann brüllte er nach meiner kleinen Schwester Ayse, die ahnungslos draußen im Hof spielte.

Als wir endlich alle vor dem Haus standen, brach eine furchtbare Panik aus. Es waren viele Menschen auf der Straße, sie liefen davon, die meisten von ihnen waren türkische Nachbarn. Manche weinten, manchen schrieen laut durcheinander, einige versuchten zu helfen. Kostas Eltern kamen zu uns hergelaufen, um uns auf irgendeine Weise beizustehen.

»Lauft, lauft!«, schrieen welche aus der Menge. »Sie kommen, sie kommen!«

Da sah ich plötzlich auf der gegenüberliegenden Straßenseite Kostas stehen. Ich befreite mich von der Hand meiner Mutter und lief zu ihm. Ich zog meinen blauen Stein aus der Hosentasche, den er immer gerne von mir haben wollte, und gab ihn ihm. In diesem Moment fielen mehrere Schüsse, ich zuckte fürchterlich zusammen und wurde in derselben Sekunde vom Vater am Arm gepackt und weggerissen. Kostas habe ich nie mehr wieder gesehen. Es war sein Vater, der griechische Freund meines Vaters, der uns auf der Flucht noch ein Stück weit begleitete und uns half, so gut er konnte.

So war es. Meine eigentliche Kindheit begann in Kyrenia, wo wir später unter dem Schutz türkischer Soldaten hinsiedelten. Ich glaube, ohne sie wären wir nicht am Leben geblieben. Man muss es so sagen, auch wenn es furchtbar ist, dass es so weit kam. Ich weiß nicht, was ohne sie aus unserem kleinen, über die Insel verstreuten Volk geworden wäre, das hier die Minderheit bildete. Wir wurden im Nordteil verteilt, später kamen Familien vom türkischen Festland hinzu, die man ansiedelte. Wir alle bekamen ein Stück Land und ein Haus, das einmal denen gehört hatte, die in den Südteil geflohen waren und die hier, so wie wir dort, Hab und Gut hatten zurücklassen müssen.

Noch zuvor aber, im Flüchtlingslager, befreundete ich mich mit Mehmet. Auch er war mit seiner Familie dort untergebracht und so trafen wir uns häufig. Es waren erbärmliche Umstände. Wir hatten nur das Allernötigste zum Leben und die gesamte Hilfe wurde vom Militär organisiert. Es war ein Warten ohne Zukunft, niemand wusste, was passieren würde, der Krieg konnte jeden Moment wieder ausbrechen. Und die Erlebnisse der Flucht waren so erdrückend, dass wir eine Zeit lang wie lebende Tote waren.

In der Nacht hatten Soldaten uns aufgehalten und vor den Augen des Vaters die Mutter vergewaltigt. Der Vater hatte verzweifelt geweint und geschrieen, er hatte sie angefleht, die Mutter in Ruhe zu lassen. Ein Soldat brachte ihn zum Schweigen, er schoss auf ihn und traf ihn am Bein, der Vater brach zusammen.

Die Schwester und ich schrieen wie von Sinnen, aber niemand kümmerte sich um uns. Nachdem die Soldaten die Mutter mehrmals vergewaltigt hatten, gingen sie und ließen uns allein. Wir liefen zum Vater, er lebte.

Den Rest seines Lebens sollte er hinken, aber es war die andere Wunde, die nicht heilte. Das, was man seiner Frau angetan hatte, konnte er bis zu seinem Ende nicht vergessen.

Damals war es die Mutter, die in ihrem elenden Zustand für uns alle ums Überleben kämpfte und uns aus der tödlichen Flamme rettete. Wir flüchteten zuerst auf das englische Territorium, wo wir mit vielen Hundert anderen aufgenommen wurden. Für jede Gotteshilfe, die uns die englischen Soldaten leisteten, waren wir dankbar. Aber obwohl wir hier in den notdürftig aufgeschlagenen Zelten in Sicherheit waren, fürchteten sich die Flüchtlinge, denn vor dem Tor warteten die Soldaten der griechischen Militärjunta.

Im Radio hörten wir, dass sich das Gleiche im Nordteil der Insel abspielte, in dem wir später leben sollten. Die türkischen Soldaten, die auf der Insel gelandet waren, vertrieben dort alle Zyprioten griechischer Abstammung. Das Radio wurde unser wichtigster Halt in dieser Zeit, die wir mit ohnmächtigem Warten verbrachten. In tröstendem Ton sprach es uns von den Lösungen, die gefunden werden sollten, und von einer besseren Zukunft. Aber wie soll man die Zukunft vor sich sehen, wenn man die Heimat, wenn man alles, was einem lieb und teuer ist, verloren hat?

Es blieb uns nichts anderes übrig, als in dem Flüchtlingslager auszuharren, in das man uns vom englischen Territorium aus gebracht hatte. Wir wurden reichlich versorgt, aber wir stanken vor Schmutz und Dreck und waren alles in allem in einem erbärmlichen Zustand.

Ein halbes Jahr lebten wir so voller Ungewissheit in den Zelten des Roten Kreuzes.

»Der Krieg ist zu Ende, der Krieg ist zu Ende!«, schrie ein Soldat und die Menge der Flüchtlinge jubelte.

Tatsächlich, der Krieg war zu Ende. Ich hatte mich an das Leben im Zelt gewöhnt, nicht aber meine Eltern. Wahrscheinlich ist ein Kind überall dort zuhause, wo seine Eltern sind, ob in einem Schloss oder in einem Gefangenenlager.

Was im Innersten seines Herzens kein einziger Zypriot wollte, geschah: Von dieser Zeit an wehte auf dem Nordteil der Insel die türkisch-zypriotische Fahne mit jungem Stolz über dem Mittelmeer, auf dem Südteil der Insel sangen die griechischen Zyprioten unter der blauen Fahne mit dem heiligen Kreuz ihre Heimathymne.

Kyrenia – Neue Heimat

an brachte uns nach Kyrenia, an den Hang der Fünffingerberge, deren samtener grüner Teppich bis hoch zu den Gipfeln reichte.
Mein Vater erzählte uns, dass er diese Gegend kannte, dass er schon einmal hier war. Er erzählte uns von der Schönheit der Aprikosenblüte, von den würzigen Zapfen der Pinien, vom Honig der Carobs und vom Olivenbaum, der als König der Bäume diesen Landstrich beherrscht.

Als die Flüchtlinge im Hafen an der heutigen Burg ankamen, brachten sie Misstrauen, Zweifel und Sorgen mit sich. Jeder von ihnen wäre lieber in die eigentliche Heimat zurückgekehrt, die jetzt unter der blauen Fahne lag.

Skeptisch betrachteten sie die papierenen Gutscheine, die man den Familien der Reihe nach in die Hand drückte – sie standen für ein Stück Land und ein Haus. Die Summe Geldes, die man ihnen dazu austeilte, war etwa so viel wie das Taschengeld eines Schülers.

Auch wir bekamen etwas Land und ein verlassenes Haus, in dem zuvor griechische Zyprioten gewohnt hatten. Es liegt etwa sechs Kilometer östlich von Kyrenia am Rand der kleinen Siedlung Catalköy zwischen Oliven- und Zitronenbäumen. Es ist ein bescheidenes Haus mit einem Flachdach und zwei Säulen, die das Dach über der Terrasse auffangen. An einer von ihnen rankt sich ein kräftiger Weinstock hinauf. In diesem Haus leben wir heute noch.

Der Anfang war zäh, es schien fast sinnlos, neu zu beginnen, nachdem man alles verloren hatte. Kaum einer konnte in der ersten Zeit diese Leere verkraften.

»Wir machen das Beste daraus«, sagte mein Vater damals. Und diese Worte brannten in ihm und trieben ihn voran. Um sich und seine Familie durchzubringen, ging er mit den Ziegen der Nachbarn auf die Weide, so wurde er Hirte. Nebenbei kümmerte er sich um den Olivenhain, den wir erhalten hatten, und nach und nach kaufte er sich eigene Ziegen.

Ich war glücklich darüber, dass Mehmets Eltern damals das Haus dort unten am Meer in der unbewohnten Bucht zugeteilt bekommen hatten. Die Erwachsenen hatten ihre Heimat verloren, für mich aber zählte nur die Freundschaft zu Mehmet. Mit meinen Kinderaugen betrachtet war es das Wichtigste, dass wir zusammenblieben.

Ganz allmählich, mit den neuen Trieben der Mandelblüte, mit der Blüte der Zitronenbäume und Olivenbäume, entfaltete sich das Leben von neuem. Aus dem Geisterort Catalköy, in dem vor dem Krieg überwiegend griechische Zyprioten gelebt hatten, wurde ein gemütliches Dorf. Die von Kugeln und Bomben zerstörten Mauern wurden wieder aufgerichtet, die Felder wurden wieder bestellt.

Wir gingen damals in die Schule von Kyrenia, die fast unbeschadet geblieben war. Hier sah ich den Mehmet jeden Tag. Am Morgen waren wir Schüler, am Nachmittag wurde er zum Fischer, ich zum Hirten.

Es war selbstverständlich, dass der Vater die Arbeit eines Hirten an mich weitergab, ja weitergeben musste. Er lebte nach unserer Ankunft in Kyrenia nicht mehr lange – und so erbte ich mit dem Limon auch seine Arbeit und ging nur bis zu meinem zwölften Lebensjahr zur Schule.

Trotzdem blieben der Mehmet und ich zusammen, wir waren eine gemeinsame Kraft und gaben uns gegenseitig Trost, wenn wir Kummer hatten. Wir lebten in der Gegenwart, die wir miteinander teilten.

Die Mutter aber, die ihre Vergangenheit zu ihrer Person machte, vergaß keinen Tag, was sie in Limassol verloren hatte. Vor allem nicht, dass sie ihren Mann dort verloren hatte, auch wenn er erst Jahre später starb. Bis zu ihrem Tod sprach sie davon, dass sie eines Tages dorthin, in ihre Heimatstadt, zurückkehren werde. Und sie gab die Hoffnung nicht auf, dass sie ihre alten Freunde wieder sehen würde, von denen sie bis zu ihrem letzten Tag ohne Nachricht bleiben sollte. Die Erlebnisse des Krieges und der Flucht hatten meine Mutter verhärtet. Nach außen blickte sie ernst, manchmal sogar kühl in die Welt, so dass die Menschen ihr im ersten Moment nicht nahe kamen. Innen aber war sie rein, schön und weich – sie, die für mich eine wirkliche Mutter gewesen ist.

Seither hat sich so vieles verändert. Der Fels liegt noch am gleichen Platz, der selbe Weinstock vor der Terrasse gibt schwere gute Früchte, die Olivenbäume scheinen immer dieselben zu sein, seit ich sie kenne. Aber der Spiegel zeigt mir ein anderes Gesicht, es ähnelt noch dem Jungen von damals, aber es ist ein anderer, der mich da anschaut. Allmählich ergreift das Grau Besitz von meinen Kopf, ich glaube, ich werde alt.

Vom Vater und der Mutter ist mir nur eine Fotografie an der Wand übrig geblieben – aber Hunderte von Bildern, die ich in mir trage und in denen ich mich an sie erinnere.

Auch den Mehmet sehe ich noch deutlich vor mir, aber die Zeit mit ihm ist mit der Übergabe des Carobbaums oben am Hügel stehen geblieben. Ich weiß nichts von den Urteilen, die er heute spricht, ich weiß nicht, für welche Gerechtigkeit er seinen Kopf riskiert, seit er Richter geworden ist. Ich kenne seine Frau und seine drei Söhne nicht – Gott weiß, wie sie wohl aussehen mögen.

Und meine eigene Tochter, Defne, ein Abbild ihrer Mutter in ihrer zerbrechlichen Schönheit, ist nun auch nicht mehr hier. Wie gerne hätte ich sie bei uns behalten, aber für ihre weitere Ausbildung war es notwendig, sie gehen zu lassen. Sie war 22 Jahre alt, als sie mit dem Flugzeug die Insel verließ.

Heute gehe ich selten zum Hafen, und wenn ich es tue, gehe ich allein. Der weiße Dampfer von damals kommt nicht mehr, Autofähren haben ihn ersetzt. Die Häuser sind noch die gleichen dort unten, aber sie haben sich in Hotels und Cafés für die vielen Touristen verwandelt, die in ihren kurzen Hosen, die Fotoapparate vor dem Nabel, in Kyrenia ankommen. Abends tönt aus den hell beleuchteten Lokalen laute Musik, es wird Alkohol ausgeschenkt und in den Bars sitzen Mann und Frau ineinander verknotet an den Theken. Ich verurteile all das nicht, aber es macht mich einsam und verlassen. Ich komme aus einer anderen Zeit.

Eines allerdings habe ich mir nie abgewöhnt, ich gehe immer noch zum selben Bäcker in der Nähe des Hafens. Er muss inzwischen uralt sein, aber er ist immer noch genauso dick wie früher und er backt immer noch dieselben besten Kuchen der ganzen Provinz. Ich fülle eine Papiertüte mit Gebäck, dann gehe ich an der alten Ruine vorbei nach Hause.

Honigschoten der 42 Jahre

enn ich jemals meine versteckten Gedanken ans helle Licht hielt, so war es meine Frau Aysun, die als Einzige nach und nach von meiner geheimen Liebe zu Mehmet erfuhr.

Als er mich damals zu seiner Hochzeit einlud, fuhr ich nicht hin, es ging nicht, die Umstände hier bei mir Zuhause ließen mich nicht los. Es ist eine unermesslich lange Zeit zwischen uns gerückt, die vieles zum Absterben gebracht hat. Nicht aber diese Freundschaft, die ich mit in mein Grab nehmen werde.

Er ist ein großer Mann in einer Weltstadt geworden. So ein Mensch hat wenig Zeit übrig für seine Vergangenheit, sie schlummert irgendwo auf dem Nabel des Meeres. Es ist ein kleines Land hier, unzertrennliche Alte leben darauf, die Jungen verlassen es nach und nach, weil es keinen Platz für eine glänzende Zukunft bereithält. Sie machen sich auf ins unsichere Maul der Großstadt und suchen dort ihr Glück, aber sie kommen nicht zurück. Wer geht, bleibt für immer weg. Was muss das für ein Leben sein dort draußen? Ich kann ihm keine Form und kein Gesicht geben, ich kenne es nicht.

»Eines Tages werde ich mich mit meiner Familie auf unserer Insel niederlassen«, schrieb Mehmet zuletzt. Wenn er wüsste, wie ungeduldig ich mich immer noch auf ihn freue, würde er vielleicht eher kommen.

Der Carobbaum, unser Carobbaum, der seit zweiundvierzig Jahren gedeiht und blüht, sorgt für den lieblichen süßen Schokoladenduft zwischen dem Aroma der Pinien und dem herben Geruch meiner Ziegen. Auf eine seltsame Weise ist er, ohne ihn jemals ersetzen zu können, an Mehmets Stelle getreten und ich spreche viel zu ihm. Auch kleine Tiere halten sich gern unter ihm auf und für die Vögel ist er ein verlässlicher Rastplatz, sie laben sich an den Honigschoten, die in seinen Blättern hängen.

Alle Tage schweife ich dösend in meinen Vorstellungen, während ich hier auf der Bank unter dem Baum sitze, der mir meinen Freund zurückgibt. Wie klein ist er gewesen, als ich ihn aus Enttäuschung zu Boden warf und später seine noch dünnen Äste zerbrach. Jetzt ist er groß und stolz und ein nährendes Nest für alle, die ihn mögen.

In seinem Schatten kann ich träumen. Seit ich als Junge von der Schule ging, habe ich diese Träume immer in ein Buch notiert. Wann immer ich auf die Weide ging, hatte ich es bei mir in meiner Tragetasche aus dicker Wolle. Es begleitet mich wie mein zweites Ich.

Jetzt habe ich nur noch wenige Blätter zu füllen, danach werde ich kein neues Buch mehr beginnen. Es ist die Geschichte eines seltsamen Baumes, der schweigend meine Blätter liest, in jedem seiner eigenen Blätter ein Freund, der aber nie kommt.

Ich glaube, ich bin müde geworden über dem politischen Leben auf dieser verstoßenen Insel, auf der immer noch ein Volk von Flüchtlingen lebt, das hin- und hergerissen, ausgenützt und klein gehalten wird.

Die endgültige Entscheidung über unser Schicksal wird von den beiden großen Mächten ausgehen, die uns wie Opferhähne für ihre Streitigkeiten benützen und uns anscheinend gerne dabei zusehen, wie wir diese Rolle bekleiden.

Wie lange soll es noch dauern, bis uns mit dieser Insel unser Eigentum zurückgegeben wird? Bis wir uns gegenseitig als ein Volk anerkennen dürfen, mit einem Pass, unter einer Fahne? Wir haben viel verloren und wir haben nicht viel zu gewinnen, aber wir sollten uns gegenseitig wieder als Brüder annehmen.

Die Engländer, die unsere Heimat seit der Kolonialzeit bewohnen, die ihre Sitten und Gewohnheiten hier eingeführt haben und für die ganz Zypern sich im Linksverkehr bewegt, haben die größten Anwesen, die gefährlichsten Hunde, die höchsten Zäune und die teuersten Geschäfte in den Städten. Sie sind es, die immer noch alle Verbindungen zum Ausland beherrschen. Sie sind die eigentlich Regierenden auf dieser Insel. Welcher Glücksweg kann schon vor einem Olivenpflücker liegen, vor einem einfachen Obstbauern, einem Stuhldreher, einem harmlosen Fischer oder Hirten, wenn ihm der Weg zu Eigenständigkeit und Geschäft noch vor seiner eigenen Haustür versperrt wird?

Tatsächlich weiß ein Zypriot aber mit dieser Situation zu

leben. Für ihn ist Reichtum nicht wichtiger als sein Schaf oder seine Ziege, die Sonne oder die Plauderstunde mit Freunden und Nachbarn. Es macht mir ein heimisches Gefühl, wenn ich einen Esel im Schatten liegen sehe, wenn ich die umherschweifenden Katzen beobachte oder wenn ein Hund schwanzwedelnd auf mich zukommt, wenn ich die Alten bei Tee und Mocca Domino oder Tavla spielen sehe, dankbar für das, was sie haben, dankbar dafür, dass auch dieses Jahr wieder eine gute Ernte zu erwarten ist.

Am Kap des Gloriazipfels

Auch hier gibt es die Zeit, aber sie hat einen anderen Namen, es ist die zypriotische Zeit. Sie ist langsamer als an anderen Orten der Welt, aber es gibt sie.

Wenn ich allerdings hin und wieder nach Dipkarpaz fahre und von dort zur Gloriaspitze hochlaufe, um den alten griechischen Mönch zu besuchen, der dort noch lebt, dann denke ich wirklich, die Zeit ist stehen geblieben oder es gibt sie einfach nicht, hat sie nie gegeben. Das Leben verliert dann jede Bedeutung, die außerhalb der Gegenwart liegt, was ich sehe und erlebe, gibt es nur als reine Gegenwart.

Hier oben am nördlichsten Zipfel der Insel, hoch oben in eine Art Felsenburg gebettet, steht ein kleines, vom Krieg verschontes orthodoxes Kloster. Der Ort ist so verlassen, dass die Soldaten nicht gewagt haben ihn aufzusuchen, und so sind alle Schätze der Kapelle noch erhalten.

Mit dem alten Priester, der in der nahe gelegenen Ortschaft geboren wurde und sein ganzes Leben in diesen Gemäuern verbracht hat, bin ich befreundet. Den großen Kapellenschlüssel in der Hand, wandelt er zwischen dem Gebetsaltar und dem kleinen Wirtschaftsgebäude hin und her. Dahinter liegt der Schlaftrakt, in dem er seine winzige Zelle hat, deren Fenster auf die vom Wasser und dem zornigen Süd-Ost-Wind gepeitschten Felsen hinausgeht.

Wenn der alte, ganz vergraute, kleine Mann in der Weisheit seines Glaubens sein gutmütiges Lachen lacht, sehe ich seine vielen goldgefüllten Zähne glänzen. Oft sehe ich ihn mit diesem Lachen und doch ist er ein zurückhaltender, fast scheuer Mensch.

Er heißt Papos. Die Jahre, so scheint mir, haben sein Inneres und sein Äußeres erleuchtet. Seine Augen haben etwas Besonderes, sie sind der Wahrheit treu, die allein in Gott ist. Im täglichen Rhythmus kniet er nieder vor dieser Wahrheit, wenn er sein Haupt über die Ikonen beugt, die die Kapelle füllen.

Papos spricht nicht gut Türkisch und mir ist vom Griechischen aus meiner Kindheit nur wenig geblieben, also unterhalten wir uns abwechselnd in beiden Sprachen, irgendwie können wir uns verständigen.

Er lebt nicht ganz alleine hier an diesem trockenen fernen Ende der Insel. Drei weitere alte, wie er ganz in schwarz gekleidete Brüder versehen mit ihm den Dienst an der Kapelle. Nach dem Krieg sind sie hier geblieben, weil niemand sie verjagt hat und weil sie hier zu Hause sind, heute werden sie von der griechisch-zypriotischen Regierung versorgt und unterstützt.

Jedes Mal, wenn Papos mich kommen sieht, erkenne ich sein Lachen schon von weitem an den vor lauter Freude aufblitzenden Goldzähnen. Wir umarmen uns und erzählen uns das Wenige, das wir zu sagen zu haben.

»Er ist gestorben, er war schon alt und schwach«, sagt Papos, als ich ihn diesmal nach dem fehlenden vierten Bruder frage. Seinen Erzählungen nach war an diesem Ort früher viel los. Aus allen Dörfern der Gegend kamen sie, um zu beten und den Segen zu empfangen. Bis draußen auf den Stufen vor der Kapelle stand die Gemeinde an Festtagen, um die Liturgie zu feiern. Aus diesen Zeiten der Fülle ist eine Dürre geworden, in der jetzt noch drei Menschen diesen Ort bewohnen und im gemeinsamen Glauben auf ihr Schicksal warten. Ihre vielen Katzen sind die einzigen Haustiere, sie sitzen auf der Treppe, auf dem aus Korb geflochtenen schiefen Stuhl, liegen eingerollt auf dem alten Sofa, ab und zu gähnen und strecken sie sich. Es ist ein Bild aus einer anderen Welt, ein Bild der zeitlosen Zeit, die nirgendwo so tief schlummert wie hier.

Papos müsste kurz vor seinem siebzigsten Lebensjahr stehen, er ist der Jüngste der drei. Mit Stolz öffnet er das schwere Tor der Kapelle, wenn sich einige Male im Jahr Touristen hierher verirren, in gebrochenem Englisch führt er sie dann von Ikone zu Ikone und erklärt ihnen alle Schätze des kleinen Gotteshauses.

Jeden Tag kommen allerdings zwei Wachposten der türkischen Polizei, die im Dienste der Sicherheit der Insel stehen. Von morgens bis abends wachen sie, halb sitzend halb liegend, unter dem Vordach der Kapelle und vertreiben mit träger Hand die aufdringlichen Fliegen. Aus ihrem kleinen Antennenradio hört man gelegentlich Nachrichten, sonst Musik, die empfindlich die Ruhe des Ortes stört. Auf einem wackligen Holztisch zwischen ihnen liegt ein Buch, in das sich alle eintragen müssen, die das Kloster besuchen.

Vor dem späten Nachmittag sage ich Papos auf Wiedersehen und verlasse ihn, der mir in immer gleich bleibender Freude hinterherwinkt, nachdem er mir diese Worte mit auf den Weg gegeben hat: »Der Beginn des Friedens ist Erkennen, Reinheit und Liebe. Ohne Fahne und ohne Unterschied der Abstammung. So etwas, wie du es für mich spürst, Yunus, und ich für dich. Für diesen Frieden tragen wir alle ein wenig Verantwortung, denn es gibt nur einen Weg, auf dem wir zu unserer Ur-Form ins Licht schreiten können. Daher liebe und glaube, dein Weg sei dir offen. Komm bald wieder.«

Selbstvergessene Köter in der glühenden Hitze

Die glühende Hitze hat alles kahl gefressen außer den Oliven- und Carobbäumen, die einiges ertragen können.

Bis Dipkarpaz sind es mehrere Kilometer. Hier oben fährt kein Bus mehr, die Gegend ist dafür zu dünn besiedelt.

Über einen langen, schmalen, staubigen Weg komme ich an den Rosenstrand. Weit und breit ist niemand zu sehen. Die Weite der Bucht, die Sandhügel, vor allem aber die seltsame rosa Färbung des Sandes sind eine Erschaffung, die mich immer wieder in Staunen versetzt. Ganz sicher muss hier einst die sagenhafte Aphrodite gebadet haben.

Eine Weile lang sehe ich von der Höhe des Pfades aus hinunter und gehorche der Stille, die nur ganz leicht vom Wind zerschnitten wird. Dann kann ich nicht länger widerstehen, und wie es die Bewohner des Olymps getan haben, renne ich hinunter und stürze mich mit den verschwitzten Kleidern am Leib ins türkisfarbene Wasser.

Dann liege ich einen kurzen Moment lang auf den von den Wellen geglätteten Felsen, bis meine Kleider getrocknet sind. Ich ziehe sie an und mache mich wieder auf den Weg.

Unter der glühenden Sonne, von der Hitze weich gekocht, setze ich Schritt vor Schritt und denke an das kühle Wasser zurück, aus dem ich gerade komme.

In Dipkarpaz bietet sich mir das übliche Bild – selbstvergessene Hunde, die sich nicht einmal die Mühe machen, den Fremden anzubellen, der da vorüberkommt. Das Dorf scheint den Hunden und Katzen überlassen zu sein, kein Mensch ist zu sehen. Aber ich weiß, dass hier immer noch zwei Völker zusammenleben. Es ist nicht mehr ganz so wie früher, dennoch ist es wahr. Es gibt sie hier noch, die gebürtigen Zyprioten griechischer Abstammung, und ich habe mich selbst davon überzeugt, wie sie Tür an Tür mit ihren türkischen Nachbarn auf wunderbare Weise friedlich zusammenleben. Es sind immer die Alten, die sich von ihren Wurzeln nicht trennen wollen, die dort sterben wollen, wo sie immer gelebt haben. Unter diesem friedlichen Dach Dipkarpaz fällt mir jedes Mal auf, wie still dieser hoch gelegene Ort ist – wie Wasser, das aussieht, als ob es steht, und dennoch fließt. Jedes Mal versetzt es mich in eine schwermütige Nachdenklichkeit.

Auch hier haben die Jüngeren die Älteren verlassen, um nach vorne zu schauen. Ich aber sehe noch deutlich die Vergangenheit in den Vierteln, und im Ausdruck der Menschen hier, in ihren fernen, fast wundhaften Gesichtern. Wer weiß, woran sie denken.

Diese Alten sind wie die Olivenstämme, entweder leben sie auf ewig, oder sie gehen gleich nach der Pflanzung an Ort und Stelle kaputt. Von diesen Olivenbäumen kann man keine Datteln erwarten. Warum hätten sie je woanders hinsiedeln sollen?

Hier mache ich eine kurze Rast und besuche die Eltern eines Bekannten, der in Kyrenia arbeitet. Ich plaudere ein wenig mit ihnen und kühle meinen von der Hitze brummenden Kopf mit dem kalt gestellten Getränk der Insel, dem guten Salbeitee. Sie haben auch eine kleine Mahlzeit für meinen hungrigen Magen bereit. Danach nehme ich ihren Gruß und eine Umarmung für den Sohn entgegen und fahre mit dem Bus die kurvige Strecke durch das Hochland bis runter nach Kyrenia. Wenn es dunkel ist, rechne ich, dürfte ich zu Hause sein.

Ich fühle mich wie ein altes verstaubtes Buch, in dem eine längst vergangene Geschichte vom Winde aufgeblättert wurde. Mein Kopf ist schwer von den Erlebnissen des Tages, ich liege wach und starre an die Decke. Die zarte, verständnisvolle Aysun, ihrer Natur, ihrem Gemüt und ihrer Liebe nach voller Selbstlosigkeit, träumt schutzsuchend in der Geborgenheit auf meiner nackten Brust.

Das Zimmer ist vom Mondschein beinahe zu hell, es ist eine erschreckende Stille draußen, so still, dass man sich darin selbst begegnet, eins wird mit Zeit und Raum. Ich bin dem Empfinden nahe, nicht zu existieren, nicht als der Mensch, der ich eigentlich bin. Aus den Augen des Leibes starre ich an die Decke zu den vielen Bildern, die kommen und gehen, bis ich in den unvergesslichen Händen eines unermesslichen Zeitraumes einschlafe. Zuletzt höre ich noch das Knurren des Limon draußen, mit dem er anscheinend einen Geist von uns fern hält, den er gesehen hat.

»Heute ist Sonntag«, sagt Aysun. »Meine Mutter hat Geburtstag. Wollen wir hingehen?«

Wir sitzen draußen im Hof bei unserem Frühstück, Limon liegt halb auf meinem Fuß. Es ist zwischen sieben und acht Uhr morgens. Es wird ein heißer Tag heute. Meine Augen streifen die Blumen um uns her, die ich gießen sollte, bevor die Trockenheit über sie herfällt.

»Ich habe ganz vergessen, dass deine Mutter heute ihren Geburtstag mit uns verbringen möchte.«

»Das ist nicht schlimm. Aber du weißt ja, wie die Alten sind.«

»Möchtest du noch ein Brot?«

»Nein, ich bin satt. Ich muss mich ein bisschen beeilen, ich möchte für die Mutter noch etwas vorbereiten.«

»Ja, tu das. Sie wird sich sicher freuen. Bist du verletzt, wenn ich nicht mitkomme, wenn ich dich abends dort abhole?«

»Nein, das bin ich nicht. Möchtest du zum Hafen hinunter?«

»Nein, ich möchte auf die Weide.«

»Am Sonntag?« Aysun ist erstaunt, es ist lange her, dass ich sonntags auf die Weide ging. Aber mir ist danach, alleine zu sein.

Ich nicke. »Grüße deine Mutter. Gib ihr keinen Kaffee, sie soll Kräutertee trinken.«

Eine Mahlzeit und mein Buch in der Tasche, die mir über der Schulter hängt, gehe ich langsam die Ziegen vor mir her treibend in Richtung Weide. Sie folgen von allein dem üblichen Pfad. Oben angekommen lasse ich sie frei laufen, wie sie wollen. Limon ist einem Waldtier hinterhergerannt und ich setze mich auf die Holzbank in den gütigen Schatten des Carobbaums.

Es ist ein guter Tag, um nachzudenken, und ich blättere mein Buch auf, wo ich zuletzt aufgehört habe zu schreiben.

Ein seltsamer Sport

Manchmal, wenn ich die grünbewachsenen Felsbrocken hier betrachte, würde ich gerne wissen, ob sie wissen, dass es sie gibt. Ob sie wissen, dass sie Teil dieser Insel sind, oder ob das doch nur eine Sage ist, so wie die Sagen über die Götter, die auf ihren Streifzügen durch die Insel ihre bis heute sichtbaren Spuren hinterlassen haben.

Ich liebe diesen Flecken Land über alles, aber wir sind auf ihm in gewisser Weise eingesperrt, abgeschlossen vom Rest der Welt. In der Politik der großen Länder sind wir Zyprioten nicht als eigenständiges Volk akzeptiert. Aber wir müssen genau für diese Eigenständigkeit kämpfen, damit wir wieder stolz und froh sein können über unser Land. Wenn ich das Korn meines Brotes auf ihr ausstreue, weiß ich, dass es sie gibt, diese Insel, die im Nabel der mediterranen Welt darum kämpft, ein eigener Staat zu werden.

Das eine der beiden Mutterländer, die Türkei, hat uns Kinder der Osmanen zwar gerettet, aber sie hat uns auch von sich abhängig gemacht. Ebenso wie zuvor die Engländer Zypern abhängig gemacht haben. So lange ich zurückdenken kann, waren die Engländer immer auf der Insel. Aber wo waren die Engländer auch nicht? Die Engländer, die mit ihren reichen Vätern und Großvätern im Rücken und den Schrotflinten in der Hand, in unserem Land mit Vorliebe auf Fasanenjagd gehen. Die schönen Rotkopfgeier, die ich zuletzt vor vielen Jahren gesehen habe, hängen vermutlich alle in den großen Villen dieser hellhäutigen arroganten Sonnenverächter. Ich sehe sie ausgestopft an den Wänden vor mir oder in dunklen Schränken versteckt, aus denen die stolzen Pfeifenraucher, sie von Zeit zu Zeit hervorzerren, um ihren Gästen zum Fünf-Uhr-Tee fein und geschwollen zu erzählen, wann und wo und unter welchen Gefahren sie das arme Tier erlegt haben.

Ich bin kein Feind der Engländer. Letztendlich haben wir ihnen die Rettung des zyprischen Waldbestandes zu verdanken. Denn bis zum letzten Jahrhundert war der größte Teil der jungen Bäume vom Verbiss durch die unzähligen Ziegenherden bedroht, weil diese in osmanischer Zeit fast die einzige Lebensgrundlage der Menschen auf Zypern waren. Damals waren es die Engländer, die die nötigen Gesetze zum Erhalt des Waldes erließen und die mächtigen Klöster zu der Einsicht brachten, ihre freien Weiderechte in den Wäldern aufzugeben. Umso unbegreiflicher ist es mir, wie sie vor diesem Hintergrund, die Jagd so rücksichtslos als ihren Lieblingssport weiterbetreiben können.

Alles in allem wäre es mir lieber, sie würden die Insel endgültig verlassen. Sie mögen tüchtig sein, die reichsten Geschäfte in Kyrenia, Lefkosa und Gazimagusa unterhalten und die schönsten Bauten haben – Gott segne und bereichere sie. Aber sie sind auch die größten Vogeljäger der Insel. Bei jeder Gelegenheit, angeblich weil es ein Sport ist, schießen sie die wunderbaren Geschöpfe ab, die diesen grünen Rastplatz im Meer nutzen, um Kräfte zu sammeln, bevor sie ihren Flug nach Nord oder Süd fortsetzen. Viele von ihnen landen direkt im Visier der sportlichen Engländer, die sie nicht anders betrachten können als ausgestopft in ihrer privaten Sammlung.

Eine kleine Gruppe von jungen Leuten hat sich zusammengefunden und einen Verein gegründet, um diesen grausamen Unsinn zu beenden. Noch haben sie nicht viel erreicht, immerhin aber haben sie durchgesetzt, dass die Jagderlaubnis auf einen einzigen Tag der Woche, auf den Sonntag, beschränkt wird. Seither sind manche Sonntage unerträglich geworden, da sich die gesamte Jagdlust nun an diesem einen Tag entlädt.

Aber wenn selbst der Bürgermeister, der Vorsteher eines ganzen Dorfes, diesem Vergnügen frönt, wer bleibt dann noch als Vorbild? Die Engländer haben es verstanden, die Gewichtigen unter den Einheimischen anzulernen und für ihren Sport zu gewinnen. Manchen von ihnen haben sie ganz in der Hand. So tun es die Inselbewohner den Engländern nach, ohne zu ahnen, was sie da für Schätze vernichten.

Ich werde nie ein Weiser sein, denn ich rege mich viel zu sehr über diese Umstände auf. Ich liebe die Berge und die Bewohner der Lüfte und ich bewundere ihre Pracht. Es ist mir unbegreiflich, wie ein Mensch, wenn er auch nur einen Hauch von Verstand in sich trägt, zum Vergnügen auf einen Vogel schießen kann.

An diesem Sonntag bin ich sehr aufgebracht, denn ich höre

Schüsse ganz in der Nähe meines Plateaus. Scharen von Vögeln flattern ziellos umher, denn sie spüren die Gefahr und finden keinen Landeplatz, um zur Ruhe zu kommen.

Der Limon bellt nach den Schüssen. Ich schlage mein Buch zu, stehe von der Bank auf und mache einige Schritte in Richtung Abhang, um zu sehen, wo die Schüsse herkommen. Ein paar Meter weiter sehe ich wieder einmal eine leere Schusspatrone aus Plastik. In allen Farben liegen sie im Wald verstreut, immer wieder stoße ich bei meinen Spaziergängen darauf. Niemand hebt sie auf, wozu auch, es ist natürlich bequemer, sie liegen zu lassen.

Früher habe ich sie eingesammelt und an verschiedenen Stellen vergraben, sie manchmal sogar mit nach Hause genommen, aber es findet kein Ende, und ich will und kann mir keinen Berg aus leeren Patronenhülsen errichten, um am Ende in diesem Alptraum noch den Verstand zu verlieren. Meine Geduld ist sehr strapaziert, ich gebe der Patrone einen Tritt und behalte meine Gedanken für mich.

Plötzlich ein ohrenbetäubender, gewaltiger Schuss. Mir springt fast das Herz aus dem Leib. Sein Echo schlägt hier oben von Wand zu Wand, die Ziegen rennen aufgeregt hin und her, der Limon bellt aus Leibeskräften, um sein Revier zu verteidigen.

Ein Jäger tritt aus dem Wald auf mich zu, es ist ein Engländer mit einem Bauernhut auf dem hellroten Haar. Das Gewehr in der Hand, den Patronengürtel um den eigenen Speck gebunden, ein Fernglas am Hals, tote Vögel an der linken Hüfte, so steht er da.

Ich kann mich nicht mehr beherrschen, am liebsten würde ich ihn selbst ausgestopft sehen, diesen hässlichen seltsamen Aasgeier.

»Warum lassen Sie Ihre verfluchte Waffe nicht im Barockschrank Ihrer dicken Villa, wo sie hingehört, anstatt hier Ihrer vermaledeiten Tradition nachzugehen und harmlose Tiere auszurotten!« Voller Wut nähere ich mich dem Mann, der wie erstarrt an dem Platz steht, an dem der erlegte Vogel liegt.

»Wer sind Sie? Was wollen Sie von mir?«, bringt er mühsam heraus.

»Ich bin einer, der Sie verjagen will, wenn ich Sie nicht gleich ausstopfen lasse! Verschwinden Sie von hier, lassen Sie die Tiere liegen und lassen Sie sich auf diesem Plateau nie wieder blicken!«

»Ich weiß nicht, wer Sie sind, aber ich weiß, dass es nicht verboten ist zu jagen.«
»Hier schon und deshalb verschwinden Sie sofort!«
»Es ist ein Sport. Am Sonntag darf jeder in jedem beliebigen Wald auf die Jagd gehen.«
»Vielleicht ist das bei Ihnen so. Vielleicht nennt man das Töten von Tieren da, wo Sie herkommen, Sport. Ich nenne es Töten. Ich dachte die Engländer seien belesene, kultivierte Menschen, aber anscheinend scheitert euer Verstand schon am kleinen Gehirn eines harmlosen Vogels.«
»Halten Sie den Hund zurück!«
»Nicht, bevor Sie die Tiere abgelegt haben.«
»Ich werde mich beschweren. Gleich morgen gehe ich ins Rathaus.« Er wirft seine Beute, fünf tote Vögel, neben den, der noch zu seinen Füßen liegt, und entfernt sich fluchend vom Plateau.

Es ist mir gleichgültig, bei wem er sich über mich beschweren wird. Ich ertrage sie einfach nicht mehr, diese sonntäglichen Schießereien. Mir dreht sich der Magen um, wenn ich daran denke, dass die armen Tiere oft sogar im Wald liegen gelassen werden, weil niemand sie gebrauchen kann, weil sie einzig und allein für einen kurzen Moment der Lust getötet wurden.

Ich sammle die toten Vögel auf und vergrabe sie an einem Felsen unweit des Carobbaumes.

Noch am selben Tag streite ich mich mit zwei weiteren Jägern. Diesmal sind es meine eigenen Landsleute. Sie begreifen mich nicht und schreien mich an, was mich das angehe und warum ich mich in ihre persönlichen Angelegenheiten mische. Aber soll ich denn schweigend zusehen, wie die Inselbewohner aus ihrem Zuhause selbst einen Käfig der Dummheit machen?

Auf der Holzbank unter dem Carobbaum greife ich zu meinem Buch und mache meiner bedrängten Seele Luft, indem ich die Gedanken aufschreibe, die mich quälen.

Sind denn die Menschen etwa geboren, um zu hassen?
Viele Augen verbergen die Kälte und Erbarmungslosigkeit, das Unempfinden für den anderen. Sie achten ihre Umwelt nicht und knabbern wie Ratten am Stamm des Lebens, als gäbe es kein Morgen, als hätten sie selbst keine Kinder.

Die teuersten Häuser, die mächtigsten Anlagen wurden am Hals der unberührbaren Berge errichtet.

Die Insel versinkt langsam in der Hand dieser dickleibigen Kolonialherren, die sie immer geblieben sind, ihr Gewicht zieht jeden unschuldigen Insulaner mit in den Abgrund. Sie sind wie die Termiten, die alles angraben und es so lange zerkauen, bis es am Ende zu Pulver wird und zu nichts mehr zu gebrauchen ist. Und diejenigen von uns, die auf den richtigen Sesseln sitzen, um diese Seuche zu bekämpfen, tun es nicht, weil sie in Wirklichkeit Sesselknechte des Geldes sind und alle selbst ihren Anteil am Ruin der Insel einstreichen.

Ich frage mich, wie es an anderen Orten sein mag, ob die Seuche auch andere Länder befallen hat. Ich wünsche es keinem, der seine Heimat verehrt und all die Schönheiten noch erkennen kann.

Ich habe einmal einem Gespräch der Älteren unten im Hafencafé zugehört. Sie haben es bezeugt, dass unsere Insel ein nützlicher Stützpunkt für die Unterwelt geworden ist, ein Umschlagplatz einer bestimmten Art von Mafia. Waffen, Drogen, Geld – alles scheint man hier durchfiltern zu können ohne jede Gefahr, dafür belangt zu werden. Dass die Gerüchte darüber in den Cafés von Mund zu Mund gehen, stört sie nicht, das Geschäft, das sie treiben, wuchert blühend weiter. Schmuggeln ist hier leicht wie Kindergemurmel. Leute wie mich macht es traurig und hilflos.

Es sind ein paar mächtige Namen, die in diesem kleinen Land letztlich vor dem Gesetz das Leben bestimmen. Sie sind so reich, dass kein Kopf ihren Reichtum aufnehmen kann. Ich bin zufrieden mit einem täglichen Abendessen, mit einem kleinen Stück Ackerland und einem Häuschen, Oliven und Brot für das Frühstück.

Die meisten Zyprioten waren so. Ohne Gier. Ihnen reichte der Olivenbaum im Hof, der Schafskäse und das Gemüse aus dem Garten. Jahrhunderte lang war das Leben hier auf diese geldlosen Säulen gebaut – sie entsprachen nur dem Nötigsten, aber sie hielten erstaunlich gut, und die Menschen starben wie jeder andere auf dieser Welt.

Wie seltsam, dass viele jetzt zu glauben scheinen, aus diesem endlichen Leben, das bekommen zu können, was, soweit ich weiß, kein Menschen zuvor je bekommen hat.

Die so genannten führenden Köpfe des Landes, diese labilen Marionetten, die von den eigentlichen Mächtigen zu Hampelmännern erzogen wurden, öffnen den Mafiavätern auf Rechnung der Natur nach Wunsch jede Akte.

Sie sind es, die die Krankheit weiterverbreiten. Wie soll ein Arzt seine Patienten heilen, wenn er selbst von der Seuche befallen ist?

Die Zyprioten, die auf dem sicheren Stuhl eines offiziellen Amtes sitzen, verrichten nur das Allernötigste an Arbeit, so dass es nach Möglichkeit niemandem auffällt. Erst kurz vor den nächsten Wahlen sind sie plötzlich wieder da, aus welchem Schlamm auferstanden, weiß keiner zu sagen. Wäre das Amt ihr Eigentum, würden sie die Böden so reinhalten, dass man von ihnen essen könnte, würden sie ihre Tischplatten so glatt polieren, dass jedes Insekt darauf ausrutschte. So aber haben sie es nicht nötig, für das zu sorgen, was ihnen anvertraut ist, da das nötige Geld ohnehin aus der Türkei herbeifließt, ob sie nun arbeiten oder in der Sonne liegen. Die Gehälter treffen pünktlich ein, es ist nicht viel, aber so viel, dass man davon leben kann. Um ein bisschen mehr zu löffeln zu haben, nimmt man die eigene Bestechlichkeit gerne in Kauf – und der Topf scheint keinen Boden zu haben, so löffeln sie immer weiter.

Aber die Zyprioten werden nicht ewig schlafen, niemand sollte sie unterschätzen, auch wenn sie ein ruhiges Leben gewöhnt sind, gerne faulenzen und Freunde um sich haben. Letztlich sind sie es, die die Bürgermeister und die Präsidenten wählen. Noch aber ist es so, dass sie ihre Kinder zu denselben Befehlsempfängern erziehen, wie sie es sind, zu Autopolierern der Geldherren. Viele Väter scheinen nicht daran zu denken. Vielleicht ist ihnen die Sonne zu Kopf gestiegen.

Umso mehr freue ich mich über diejenigen, die aufwachen und sich gegen diesen Gehirnkahlschlag wehren. In kleinen Gruppen tun sie sich zusammen und kämpfen für etwas, das ihnen wert ist, so wie die, die gegen den Irrsinn der Jagd angehen.

Auch wenn ich wüsste, dass morgen der Krieg wieder ausbricht, ich würde dennoch diese Erde weiter verehren und schützen. Und wenn ein griechischer Zypriot mein Land in Anspruch nehmen will, so soll er diesen Schatz bewahren und hüten, so wie ich ihn hinterließ.

Die Menschen leben in einer großen Unsicherheit, obwohl seitdem zwei neue Generationen entstanden sind. Immer noch wird über die so genannte friedliche Lösung verhandelt, wird gesprochen und versprochen. Aber die Verantwortlichen benehmen sich wie die Kinder: Licht an – Licht aus, so wird mit dem Schalter der friedlichen Lösung gespielt und das Volk weiter verunsichert. Zwei gebrochene Völker sind es inzwischen, die machtlos sind gegen die Regeln, die man ihnen diktiert hat. Hoffnungen und Wünsche, ja, die haben wir noch, was würden wir nicht darum geben, wenn es tatsächlich zu einer Lösung käme, die uns ein gemeinsa-

mes Leben erlaubte, in dem wir uns wieder frei bewegen könnten, ohne Minen, ohne Soldaten, ohne ständige Wegkontrollen.

Ich bete zu dem, der über uns steht, dass dieser Schakalenkampf endlich ein Ende findet, dass die Insel eine Zukunft gewinnt und die Menschen, die Tiere und die Natur einem neuen Morgen entgegensehen können.

Bei diesem letzten Gedanken hielt ich inne, dann schloss ich das Buch, steckte es in die Tasche und machte mich auf den Heimweg.

Der tote Soldat an der Grenze

Du machst dich noch verrückt damit! Als wärst du schuld an allem, dabei bist du ein Hirte! Ein kleiner Mann gegenüber allem, wovon du sprichst.«
Heute ist es wieder so weit, von Zeit zu Zeit kocht all das Verborgene aus mir heraus, das mir sonst vermutlich bis zu meinem Tod kantig im Hals stecken würde. Zwischen Aysun und mir liegen etliche Jahre. Sie weiß nicht viel über die Vergangenheit, außer durch meine Erzählungen – und durch die Erzählungen meines Vaters und seiner Freunde, die in meine Erinnerungen eingegangen sind und die ich ihr gerne weitererzähle.

»Da ich weiß, dass man die Vergangenheit Vergangenheit sein lassen muss, beschäftige ich mich eben mit der Zukunft. Und wenn ich mich damit verrückt mache, Aysun, meine Liebste, dann spreche ich doch für ein Volk, aus dem wir beide stammen, für ein Volk, das bis jetzt die Gebrochenheit dulden musste ...«

Ich werde von ihr unterbrochen: »Es ist doch alles vorüber, Yunus. Siehst du denn nicht, dass jeder irgendwie durch sein Leben marschiert, dass sie Kinder haben, die nichts davon wissen wollen? Sie haben kein Interesse an den Fehlern ihrer Vorfahren.«

»Das ist ja gerade das, worum es mir geht. Aysun ... du verstehst mich nicht. Natürlich bin ich nicht an allem schuld und natürlich bin ich ein kleiner Hirte, wie du sagst. Aber manche Hirten haben reichere Gedanken als ein regierender Politiker, mehr Mut als ein Krieger und mehr Liebe als ...« Ich sehe sie an, ziehe sie neben mich auf den Sessel auf der Terrasse und gieße ihr einen Salbeitee ein, der die Luft mit seinem Duft erfüllt.

»Ich glaube, ich sollte lieber etwas zu Abend kochen. Auch der Limon wartet schon auf seine Mahlzeit, schau.«

»Aysun, bitte, bleib noch ein bisschen bei mir und höre mir zu. Setz dich zu mir und sieh dir die Sonne an, die gleich hinter den Gipfeln schlafen geht.«

Aysun streichelt Limon den Kopf, der sich sofort erwartungsvoll auf den Rücken legt, um gekrault zu werden. Ich nehme einen Schluck aus der Tasse und fahre fort.

»Als wir nach dem Krieg hier angesiedelt wurden, hatten wir anfangs kaum das Nötigste, wir lebten unter miserablen Umständen. Es ist eine lange Zeit her, aber dieses Volk hat sich seither nicht wieder erholt. Es hatte eigentlich keine Chance dazu, denn wir lagen an der Kette wie ein Tier, um das man sich nicht ausreichend kümmert. Wir, das eigentliche Volk, wurden zu Menschen zweiter Klasse erzogen, auch wenn es von außen anders aussah.

Sieh sie dir doch an, die uns regieren – sie gehorchen dem, was die Türkei vorgibt, richten sich nach den Sitten der Engländer und den Wünschen der Nato und haben als Gegenüber noch den Stolz und die Sturheit der Griechen. Der Zypriot ist ein Kind, das von vielen Händen hin- und hergezerrt wird.«

»Ja, gewiss, du hast Recht. Aber glaubst du nicht, dass die Türkei uns gerettet hat? Meine Eltern haben immer gesagt, wenn sie nicht einmarschiert wären, gäbe es uns jetzt wohl nicht mehr.«

»Wahrscheinlich stimmt es. Aber wir brauchen unsere Freiheit, wir müssen an sie glauben können – an unsere Freiheit und an unsere Selbstständigkeit. Der Zypriot ist ein Träumer, der auf seiner Insel schwimmt wie auf einem Boot im See. Aber wie ich schon sagte, er ist noch ein Kind, ist immer noch nicht erwachsen und weiß kaum, wie er sich halten soll auf seinem Boot.«

»Du meinst damit, dass wir ohne die Türkei sowieso nicht überleben könnten?«

»Genau. Oder sagen wir, zumindest nicht ohne unsere griechischen Brüder. Mit ihnen gemeinsam könnten wir unabhängig sein. Dann müssten wir auch kein so ungeachtetes Volk mehr sein. Aber so werden wir vom Fremden überschattet, und unsere Jugend sucht ihre Zukunft in anderen Ländern. Sie geht ja barfuß durchs Nagelfeld, um ihr Leben ändern zu können ... Die Insel schafft es nicht mehr, sie im Mutterschoß zu halten.«

Wir haben uns tief in das Gespräch verwickelt. Es gibt keinen Zyprioten, dem nicht politische Ansichten in die Wiege gelegt wären. Wir kommen sozusagen mit einer politischen Haltung auf die Welt, weil wir mitten darin leben, weil wir von klein auf lernen, dass wir ein Streitfall sind. Es gibt kein Land, dass unseren abgeschlossenen Nordteil als Staat akzeptiert und so sind wir gezwungen, die Braut der Türkei zu sein. Läuft die Türkei nach links, trippeln wir hinterher, läuft sie nach rechts, machen wir kehrt und laufen ebenfalls nach rechts. Ohne sie sind wir völlig handlungsunfähig, nicht einmal die Post erreicht uns direkt.

»Yunus, mein kostbares Auge, schön sind deine Ansichten und was du sprichst, aber du allein wirst die Insel nicht aufrütteln können. Überlasse es denen, die nach uns kommen, denn du bist schon nicht mehr der Jüngste. Ich fürchte, dieser Kampf ist dir überlegen.«

»Aber welchen Jüngeren sollen wir es denn überlassen?!« Ich spüre einen Anflug von Zorn, mein Atem geht schwerer, Ungeduld kocht in mir hoch. »Erwartest du, dass die paar Jungen, die hier geblieben sind, es schaffen? Nein, ich bin zwar ein alter Mann, aber kein Krüppel. Nur die Alten können ein Beispiel sein für die kommende Generation, ich fühle mich reif für diesen Kampf. Für die Freiheit ist kein Alter zu alt. Wenn ich früher auf der Weide saß, Aysun, Gott weiß, dass ich mir da über nichts Gedanken gemacht habe. Ungestört konnte ich alles in mich aufnehmen und mich rundherum wohl fühlen. Aber heute, wie könnte ich heute an der Wahrheit vorbeischleichen, wo ich doch weiß, dass auch wir unsere Füße in der Fuchsfalle haben. Und auch wir haben doch ein Kind. Defne ist jetzt in Istanbul, aber trotzdem wird nach uns hier weitergelebt werden. Und dass es ein gutes Leben ist, dafür müssen wir sorgen, wir mit unseren Stimmen, sonst wird niemand es tun.«

In der Ferne hören wir ein Bellen, Limon hebt den Kopf, richtet sich auf und schon ist er knurrend von der Terrasse gesprungen und in der Abenddämmerung zwischen den Fichten verschwunden. Mein Pfeifen war vergeblich, er war bereits weg.

Unten bei uns wird es nun dunkel, die Wolken oben sind noch in die vielfältigsten Farben gehüllt, darüber blinkt schon der Polarstern.

»Lass uns hineingehen«, schlägt Aysun vor.

»Bitte bleib noch da. Hör noch mit mir dem Zirpen der Grillen zu und den Eulen in der Dunkelheit. Für sie beginnt jetzt der Tag, horch.«

Eine Weile versinken wir in die Stille. Es ist unheimlich. So als seien wir tot, so als schwebten wir nur als Gedanken im Raum.

»Das ist es«, flüstere ich.

»Was?«

»Die Wahrheit«, antworte ich leise. »Alle sind voneinander abhängig. Uns sind die Nächte gegeben, um zu ruhen, und anderen Lebewesen dazu, wach zu sein. Wenn man so nachdenkt, ist es leicht, das Leben zu verstehen, seine Einfachheit zu erkennen. Findest du nicht?« Aysun lehnt als Antwort ihren Kopf an meine Schulter. »Aber die Menschen verhalten sich nicht einfach, weil sie sich gerne an anderen Dingen festhalten, an Erfolg und Eroberungen. Irgendetwas muss von Grund auf falsch gelaufen sein, dass unser Volk heute in diesem Zustand ist.«

»Glaubst du, dass noch einmal Krieg ausbricht?«, fragt meine Frau mich.

Nach einer Weile sage ich: »Gott bewahre uns davor. Aber es ist nicht ausgeschlossen. Erinnerst du dich, als vor zwei Jahren in Lefkosa ein griechischer Soldat erschossen wurde? Da hat die ganze Insel vor einem neuen Krieg gezittert. Es werden letztlich die Befehlshaber des Militärs sein, nicht wir anderen, die darüber entscheiden.«

»Ich kann es mir nicht vorstellen.«

»Ich möchte es mir auch nicht vorstellen.« Ich schenke uns noch einen Tee ein.

»Glaube mir«, sage ich dann, »wenn wir lernen würden, selbstständig und unabhängig zu sein, würden die Glocken eine Revolution einläuten und in Kürze würde sich die Zukunft in Glanz hüllen.«

»Das ist ein langer Weg.«

Ich lächle. »Auch ein langer Weg beginnt mit einem Schritt, sagt eine alte Weisheit. Denk mal daran, wie es war, als wir noch Kinder unserer Eltern waren. Wir haben alles bekommen, ohne uns um irgendetwas kümmern zu müssen. Als wir dann langsam die Stufen zum Erwachsensein erklommen haben, hat das nachgelassen, bis wir am Ende die Verantwortung selbst getragen haben. Unbemerkt sind wir Erwachsene geworden und waren auf uns gestellt. Das ist es, was ich meine. Nach und nach wird das ganze Volk auf eigenen Füßen stehen können. Dann wird es keine Bürgermeister mehr geben, die ihre Arbeit nicht tun, und keine Beamten, die dich schikanieren und von Zimmer zu Zimmer schicken, um unterm Tisch ein bisschen Geld einzustreichen. Aus diesem Grund dürfen wir an den Dingen nicht einfach vorbeischauen«, fahre ich fort, »denn wir sind ein Teil davon. Die Sorgen sind unsere eigenen Sorgen, es geht uns alle an.«

»Du hättest Präsident der Insel werden sollen«, sagt Aysun und wirft einen seltsamen Blick auf mich.

Ich kann nicht anders, ich muss lachen. Diesen Humor hat sie immer gehabt.

»Ich bin gerne meinen Ziegen treu«, ist meine Antwort. »So kann ich den Tag und die Nacht beobachten und dem Ruf des Uhus lauschen, mit mildem Gewissen einschlafen und zu jeder Zeit eins mit mir sein. So wie jetzt.« Ich umarme sie. »Ich gehöre zu den Disteln auf meiner Weide. Es ist keine Hirtenarbeit, auf so einem glatten Sessel zu sitzen. Ich würde das hier alles vermissen.«

»Ich mache uns etwas zu essen«, sagt Aysun jetzt entschieden. »Du hast bestimmt Hunger.«

Wir gehen ins Haus, essen etwas Leichtes und gehen danach bald zu Bett.

Ihr zierlich geformter Leib nähert sich mir und berührt mich in seiner völligen Nacktheit. Ich spüre unser Verlangen in ihren feuchten, aufgeregten zarten Lippen, die mich zum Küssen beißen.

Leise verlässt Limon das Schlafzimmer, er hat Verständnis dafür.

»Du bist mein Präsident«, flüstert Aysun mir ins Ohr und küsst mir die Worte aus dem Mund, ehe ich etwas antworten kann.

Im Schatten der Pinien und Oliven

Die Sonne bricht durch die Spalten des Fensterladens, es ist früh am Morgen, aber ich bin spät dran. Ich höre den Limon draußen bellen, meine Ziegen müssen aus dem Stall, ich habe zu lange geschlafen. Aysun ruht noch tief im Gemüt der Morgenmüdigkeit, sie dreht sich um und schläft weiter. Ich spüre noch das Glück der vergangenen Nacht, deren Benommenheit sich in meinen Gelenken niedergelassen hat.

Ich nehme etwas zu essen für die Weide mit, meine Tasche mit dem Tagebuch und verlasse leise das Haus. Draußen gebe ich Limon etwas zu essen, der wie jeden Morgen vor der Tür an mir hochspringt.

Die Sonne steht bereits senkrecht über dem Geiergipfel, dort, wo die alte Burgruine von Schwärmen von Krähen bewohnt wird.

Der erste Anlaufpunkt für meine Ziegen ist die lange Wanne aus Blech, in die ich jeden Morgen frisches Quellwasser fülle. Sie löschen ihren Durst und trinken den Bedarf für den Rest des Tages, denn es ist seit Wochen kein Regen gefallen und oben auf der Weide sind alle Wassergruben längst ausgetrocknet.

Wir ziehen los, durch steinige Olivenhaine, dann im angenehmen Schatten der Pinien bis hoch aufs Plateau.

Von allen Sorgen und allen Spuren der verlogenen Politik bin ich fern. Wäre ich nicht ein Hirte, wüsste ich nicht, wie ein Fasan singt, wüsste ich nicht, wo die Falken ihre Nester bauen. Wie einfach ist es, einfach zu leben – und dennoch in dem Gefühl, alles zu haben, was man braucht.

Ein ungewohnter Wind streift durch die saftigen, dunklen Blätter des Carobbaums und lässt die Schoten rascheln, die noch hohl und trocken in den Zweigen hängen. Ich lege mein Buch zur Seite und trete aus dem Umfang des Carobs.

Der Wind nimmt zu, von Westen nähert sich eine Gewitterfront, die Sturm und Regen bringen wird. Daher also rührt mein Kopfweh. Aus dem Wind wird ein Orkan, der den Wald umbiegt und die Farbe des Meeres ändert, das plötzlich tiefblau, beinahe schwarz wird. Innerhalb weniger Minuten verdunkelt sich der Himmel und die ersten kräftigen Tropfen fallen zur Erde.

Limon bellt aufgeregt, er läuft umher und versucht die unruhig gewordenen Ziegen zusammenzuhalten. Sie schreien ängstlich unter den Blitzen und dem Donnern. Dann ein Wolkenbruch, wir sind mitten im Gewitter. Eilend versuche ich die Tiere zur Höhle zu bringen. Manche Zicklein haben die Herde verloren, ich laufe ihnen hinterher, der Regen ist wie eine Wasserwand, ich kann nur noch wenige Meter weit sehen. Selbst nun sehr nervös rufe ich nach den Tieren, zwei der Lämmer kriege ich zu fassen, da kracht ein gewaltiger Blitz herab, ein durchdringender Strahl, das Plateau bebt, ich sehe Feuer.

Der Blitz hat in den Carobbaum eingeschlagen, er brennt, aber der Regenguss löscht die Flammen sofort wieder aus.

Ich treibe die Ziegen in die nahe gelegene Höhle und weiß noch nicht, ob mir welche fehlen. Ich bin wie unter Schock und zittere am ganzen Leib. Der Blitz ist nicht weit weg gewesen, er hätte auch mich treffen können. Plötzlich rennt Limon aus der Höhle hinaus in den Sturm.

»Limon!«, brülle ich. »Limon, komm zurück!« Aber er ist weg, hört nicht auf mich, der Regen hat ihn schon verschluckt und ich sehe nicht, wo er hinläuft. In Momenten wie diesen hat er mir nie gehorcht. Er ist dann besessen von seinem Instinkt.

Ich bin völlig durchnässt, besorgt zähle ich die Ziegen und stelle fest, dass mir ein Muttertier und ein Zicklein fehlen. Aber ich kann unmöglich bei diesem Gewitter die Höhle verlassen, es wäre glatter Selbstmord.

»Limon ... Limon!«, rufe ich, aber es ist zwecklos, mein Ruf prallt an der Regenwand ab. Ich kann meinen Augen kaum trauen, als ich kurz darauf sein Bellen höre und sehe, wie der Hund die fehlende Ziege zur Höhle treibt. Kaum ist sie in Sicherheit, läuft er keuchend wieder weg, keine Gefahr kann ihn abhalten, das Kleine zu suchen.

Minuten vergehen, von Limon keine Spur. Angstvoll sehe ich aus der Höhle, ich warte ab, aber er scheint nicht zurückzukommen. Das ist ungewöhnlich, es muss etwas passiert sein. Schließlich halte ich es nicht mehr aus, verlasse die Höhle und renne mitten ins Gewitter hinein, der Blitz ist direkt über meinem Kopf.

»Limon! ... Limon!« Kein Bellen, kein Limon. Ich laufe den

Rand des Plateaus ab, aber es hat keinen Sinn, ich muss zurück in die Höhle, sonst trifft mich noch der Blitz. In dem Moment bilde ich mir ein, etwas gehört zu haben. »Limon?« Ich drehe mich um und sehe meinen Hund in einem tiefen Graben, in den er gestürzt sein muss.

»Limon, was ist dir nur passiert?« Ich steige, so schnell ich kann, zu ihm runter, er scheint am Bein verletzt zu sein. Er winselt laut, vor Freude küsse ich ihn auf die Schnauze. Vorsichtig hebe ich ihn hoch und trage ihn in die Höhle. Der linke Vorderlauf ist verletzt, ob er gebrochen ist, weiß ich nicht zu sagen. Er tut mir Leid, mein Treuer, der sehr leidet und leise jault. Ich verbinde sein Bein mit einem Fetzen Stoff und versuche ihn so gut es geht abzutrocknen, dann streichle ich ihn, bis das Unwetter vorbei ist.

Als der Donner am Bergkamm weitergezogen ist, gehe ich kurz zum Carobbaum. Der Blitz hat das Äußere der Krone getroffen und ist dann am Stamm herabgefahren, es raucht noch und riecht verbrannt, der Carobbaum hat einen Riss.

Ich bin heilfroh, dass nicht mehr passiert ist als diese Verletzung an einem der größten Äste und ein Brandspalt im Stamm, der vermutlich bis zu den Wurzeln tief in der Erde reicht. Es wird Zeit brauchen, bis er geheilt ist, und eine Narbe wird bleiben, aber er steht noch und lebt.

Erschrocken drehe ich mich um, als ich hinter mir etwas rascheln höre. Es ist das verlorene Ziegenkind. Mir springt ein großes Freudelachen über das Gesicht. In diesem Moment fühle ich etwas Ungewöhnliches, Wunderbares, ich fühle das Glück. So sind wir wieder vollständig und sollten schnellstens nach Hause gehen. Ich nehme den Limon auf meine Arme, die Ziegen folgen uns und wir steigen den Berg herab.

Meine besorgte Frau wartet auf der Terrasse und dankt Allah, der uns so gütig beschützte, für unsere Rückkehr.

Bevor ich ihr erzähle, was geschehen ist, behandle ich Limon mit schmerzlindernden Kräutern. Ergeben, vertrauensvoll und geborgen liegt er in meinen Armen.

Wenn er wüsste, welche Angst ich um ihn gelitten habe und wie froh ich um seine Freundschaft bin, in der allein die Sprache uns fehlt ...

Auch über Nacht behandelte ich seine Verletzung mit feuchtem Erdschlamm und Kräutern, die ich darunter mischte, aber am zweiten Tag brachte ich ihn doch zu unserem alten Heiler, dem Kräutermann. Der Greis, der so abgeschieden im Wald lebte und dem die Müdigkeit des Lebens in den Wangen hing, begrüßte mich mit seinem freundlichen, schweren Lächeln. Er musste über 90 Jahre alt sein und sah aus, als sei er einer der letzten Lebenden aus der Vergangenheit. Schon als Kind, wenn mein Vater mich zu ihm mitnahm, fand ich die Unmengen von Kräutergläsern unheimlich, die er besaß. Der ganze Raum mit seinen alten Schränken und der alten Presse für die Heilpflanzen war ein Geheimnis voller unterschiedlichster Düfte.

Zuerst streichelte er den Limon, dann nahm er ihm vorsichtig den Verband ab. Er betrachtete die Wunde und tastete den geschwollenen Lauf ab, der Hund ließ es geschehen. Dann holte er ein paar Gläser herbei, mischte daraus eine dicke Paste, strich sie auf die kranke Pfote und wickelte das Bein wieder ein.

»Wenn in drei Tagen nicht eine deutliche Besserung eingetreten ist«, sagte er, »kommt ihr wieder her. Er braucht Ruhe, aber er wird schnell wieder gesund werden. Streichle ihn, sprich mit ihm, das alles führt zur raschen Gesundung.«

Von diesem Greis, der in seinem dürren Leib trotz seines hohen Alters bester Verfassung war, hatte ich gelernt, kein Fleisch zu essen. »Meide alles, was Augen hat«, hatte er mir eingeschärft, ich habe es beherzigt.

Ich war von einer unbändigen Neugier besessen, was er da in seinen Schubladen für Wundermittel verwahrte, die ihn so jung, so langlebig und zäh machten wie einen Olivenbaum.

Ich hatte ihm etwas zu essen mitgebracht, Ziegenmilch und Käse, denn er nahm für seine Mühen kein Geld und so konnte ich ihn wenigstens mit den Geschenken der Natur bezahlen.

Wir tranken einen seltsamen Kräutertee unter der mächtigen hohen Fichte vor seiner Hütte.

»Der Tee da, er schmeckt gut. Was ist das für eine Mischung?«

Wie immer erklärte er mir alles geduldig und genau. Das große Buch, in dem er alle seine Rezepte notiert hatte, lag neben ihm. Wenn man ihm eine Frage stellte, nahm er sich Zeit für die Antwort. Aus dem Geheimnis verstand er eine einfache Erklärung zu machen, so wie die Blätter durch die richtige Mischung ihre unfehlbare Wirkung erhielten.

Ich genoss den kräftigen, durchdringenden Geschmack und schenkte mir noch ein Glas davon ein. Ihm war aufgefallen, dass ich immer wieder zu der Fichte hinaufsah und sie im Stillen bewunderte.

»Diese Fichte hier«, sagte er unvermittelt und wandte seinen Blick hinauf zu den Zapfen, die in ihren offenen Schuppen satte Kerne trugen, »diese Fichte hat mein Vater mit mir angepflanzt, als ich noch ein kleiner Junge war. So wie das Schicksal es wollte, schlief er unter diesem Baum friedlich ein und starb.«

Seine Augen, müde von der Reise in die Vergangenheit, schienen dankbar dafür zu sein, dass so ein Tod etwas Wunderbares sein muss – einen Baum selbst aufzuziehen und irgendwann in seinen Armen, in seinem Schatten einzuschlafen und zum Gott hinübergeleitet zu werden. Dennoch machte es mich unsicher, so direkt an dem Ort zu sitzen, an dem dieser Mensch, den ich nicht kannte, gestorben war.

»Er war ein Außenseiter, ein Ausgestoßener. Man hielt ihn für verrückt, weil er Gräser sammelte, um Medikamente herzustellen. Auch als er bereits vielen damit geholfen hatte, galt er ihnen weiterhin als verrückt. Er stammte von zweien, die sich liebten. Seine Mutter war eine griechische Zypriotin, sein Vater ein türkischer Zypriot. So trug er das Blut zweier Völker in sich. Später heiratete er, aber seine Frau verließ ihn, als ich noch in der Wiege lag. Er erklärte mir einmal, sie habe sich geschämt und es schließlich nicht mehr ausgehalten, dass man ihn für verrückt hielt. Ich habe meine Mutter nie kennen gelernt, ich besitze nicht einmal ein Bild von ihr.«

Er schwieg einen Augenblick und ich hielt die Stille mit ihm, ohne etwas zu fragen.

»Ich selbst habe nie geheiratet«, sprach er dann weiter. »Denn ich habe den Beruf meines Vaters übernommen und damit sozusagen auch seine Verrücktheit. Fast immer nahm er mich auf seine Wanderungen durch die Berge mit und er zeigte mir die Schätze der Natur, zeigte mir, wo sie wachsen und woran man sie erkennt. Blüten, Gräser, Wurzeln und Mineralgesteine, in denen die Heilkräfte für das Schicksal so vieler Krankheiten verborgen liegen. Es sind Pflanzen, die aussehen wie gewöhnliche Wiesenblumen, wie Unkraut sogar. Aus ihnen stellte mein Vater seine Mittel her und dafür wurde er belohnt. Die Kinder in der Schule machten sich lustig über mich und nannten meinen Vater einen verrückten ›Graszupfer‹. Am Anfang ärgerte ich mich darüber, dann gewöhnte ich mich daran und dann ging ich nicht weiter zur Schule.«

»Also wie ich – nur bis zur Grundschule?«

»Ja. Zum Glück kann ich die Buchstaben entziffern.« Wir lachten beide.

»Die Suche nach den Kräutern machte mich süchtig. Viele Nächte hindurch forschte und mischte ich. Erst da verstand ich allmählich, was die Leute mit der ›Verrücktheit‹ meines Vaters meinten. Es war eine Art Besessenheit. Ich musste mich diesen Kräutern widmen, ich konnte nicht anders. Ich wurde wie er. Dieses Leben hat mich in der Einsamkeit gehalten. Aber ich bereue es nicht.«

»Daher also auch keine Zeit für eine Frau ...« Die Worte waren mir über die Lippen gehüpft, ich fand meine Feststellung ganz unangebracht, aber es war schon zu spät.

»Ja«, sagte er nur, mit einem leicht abwesenden Ton in der Stimme. Er nahm es mir nicht übel, aber meine Bemerkung schien ihn zu beschäftigen. »Ich wusste, dass eine Frau mich verlassen hätte, so wie mein Vater verlassen worden war.«

»Warum erzählen Sie mir davon?« Diese Frage von mir war ungehörig. Ich biss mir auf die Lippen.

Er schwieg eine Weile und sah mich wohl wollend an. Scheinbar hatte meine direkte Art ihn nicht verletzt. Dann richtete er sich langsam auf, erhob sich, ging ein paar Schritte und blieb wieder stehen.

»Ich bin alt geworden«, fing er an. »Ich kann jeden Tag sterben.« Wiederum hielt er inne.

»Daher möchte ich dir etwas anvertrauen.«

»Mir etwas anvertrauen?«

»Ich möchte dir das Geheimnis meines Kräuterbuchs anvertrauen.«

Ich war verwirrt und wusste nicht, was ich sagen sollte. Ich fühlte, wie mir heiß wurde, dann erwiderte ich fast abwehrend: »Aber ich kenne mich doch gar nicht damit aus.«

Für ein paar Augenblicke, die mir endlos erschienen, blieb er still.

»Ich kenne dich, seit du ein Kind bist, und ich kannte deinen Vater, der mich als Einziger von Zeit zu Zeit besucht hat, auch wenn er keinen Rat brauchte. Er war ein guter Mensch, ein Mann mit Würde, ich habe ihm vertraut. Du bist sein Sohn und Söhne ähneln ihren Vätern. Du hast viel von ihm. Deshalb möchte ich, dass du dieses Buch aufbewahrst und damit deinen Mitmenschen hilfst. Wenn die Zeit reif ist, wird es von einem

anderen übernommen werden, der es verdient hat. Diese Menschen werden stets einzeln, aber selten geboren.«
»Ich weiß nicht, ob ich damit zurecht kommen kann. Und ob ich es will. Dieses Buch ist ein Schatz, es enthält die Seele der Natur. Ich weiß nicht, ob ich es annehmen kann.«
»Bitte nimm es und bewahre es mit Sorgfalt. Es darf nicht verloren gehen. Bei niemandem ist es besser aufgehoben als bei dir.« Damit drückte er mir das dicke alte Buch in die Hände. Es ist neben Türkisch auch in Altgriechisch abgefasst, an manchen Stellen hat sich die Tinte verfärbt, aber die schöne Handschrift ist gut zu lesen.

Voller Achtung blickte ich auf den Greis, der wieder mir gegenüber Platz genommen hatte. Sein langer, silbergrauer Bart reichte ihm bis auf die Brust, oft strich er mit einer langsamen Handbewegung von oben nach unten darüber hin. Seine ebenfalls langen vollen Haare waren vom absoluten Grau befallen.

Auch wenn ich mich anfangs dagegen gewehrt hatte, nahm ich jetzt das Kräuterbuch an mich und steckte es in meine Umhängetasche. Um noch bei Tageslicht nach Hause zu kommen, nahm ich den Limon auf meine Arme und machte mich auf den Heimweg.

Während ich den schmalen Bergpfad entlang ging, hatte ich ein seltsames, unerledigtes Gefühl. Ich trug etwas mit mir, das nicht zu mir gehörte. Die Niederschrift eines mühevollen Lebens, die so viel Erprobung, Nachforschung, Geduld und Beharrlichkeit gefordert hatte, hing da in meiner Schurwolltasche über meiner Schulter. Ich fühlte mich klein, unwürdig und unwissend. Es ging mir nicht gut dabei. Ich wusste den Wert dieses Buches zu schätzen, aber er war zu groß für mich. Am liebsten wäre ich umgekehrt, um es zurückzubringen – so etwas Kostbares durfte ich nicht annehmen.

Bereits zwei Tage später ging es Limon wieder gut. Er stand wieder auf allen vier Pfoten, war verspielt wie eh und je und sprang über die Terrasse. Ich staunte, was diese Kräuterpaste vermochte und wie schnell sie ihre Wirkung gezeigt hatte.

Weitere drei Tage später machte ich mich in Begleitung eines gesunden Limon auf den Weg, um mich bei dem Greis zu bedanken. Ich hatte das Buch dabei und war entschlossen, es zurückzugeben.

Zu meiner Überraschung traf ich den Alten nicht an. Ich rief in den Wald hinein und wartete. Als er nicht erschien, begann ich die ganze Umgebung nach ihm abzusuchen, aber er war einfach nicht mehr da, wie vom Erdboden verschluckt, ein Teil des stillen Waldes geworden.

Wir kehrten nach Hause zurück, um am nächsten Tag wiederzukommen. Auch am übernächsten Tag versuchte ich es erneut. Zwei Wochen lang suchte ich verzweifelt nach dem Kräutermann, aber ich fand nicht die geringste Spur von ihm. Schließlich gab ich auf, ohne zu wissen, was mit ihm geschehen war. Seither habe ich ihn nie wieder gesehen. Seine Hütte steht leer, die Umgebung ist totenstill.

Somit blieb mir das Erbe, das ich zurückgeben wollte, für immer. Ich verwahre es in ein Seidentuch geschlagen in meinem Schrank. Von Zeit zu Zeit lese ich darin und wende erste Rezepte an, auch in der Nachbarschaft. Immer wieder bin ich von neuem überrascht von den ungewöhnlich guten Ergebnissen. Ganz allmählich macht mich diese Form zu heilen süchtig.

Für Freunde und Nachbarn bin ich zum Naturheiler geworden, wer Beschwerden hat, kommt zu mir. Die Heilerfolge flößen mir einen immer größeren Respekt vor dem Greis und seinem verstorbenen Vater ein. Sie waren außergewöhnliche Menschen, das steht für mich fest, sie haben eine Art Handarbeit Gottes vollbracht.

In aller Frühe habe ich heute dem Mehmet geschrieben. Auf meinen letzten Brief habe ich keine Antwort erhalten. Seitdem ist fast ein halbes Jahr vergangen.

Vor dem Frühstück habe ich Aysun mit einer meiner Salben den Rücken eingerieben, denn sie hat über Schmerzen geklagt. Wie ein Wunder fing die Salbe an zu wirken. Jetzt, wo ich weiß, dass es ihr gut geht, breche ich auf. Ich will die sieben Kilometer zu Fuß nach Kyrenia laufen, um den Brief aufzugeben. Man kann genussvoll durch den schattigen Pinienwald gehen, heute aber nehme ich den Weg unten am Meer entlang.

In der kleinen Post stehen viele Soldaten, die vom türkischen

Festland hier stationiert sind, vor dem einzigen Telefonapparat an, um mit ihren Familienangehörigen zu sprechen. Sie warten geduldig und sehnsüchtig. Die Schlange erstreckt sich bis auf die Straße.
Diesmal will ich in der Stadt etwas kaufen. Eine Hose für mich und ein Geschenk für Aysun. Danach laufe ich runter zum Hafen und kaufe mir beim alten Bäcker Kuchen und ein Fladenbrot. An einem Straßenstand nehme ich gegen meinen Durst einen Salep mit viel Zimt.
Ich treffe auf ein paar Bekannte und plaudere mit ihnen, so verbringe ich den Vormittag, bevor ich mich wieder auf den Heimweg mache. Diesmal fahre ich mit dem »Dolmusch«, dem Sammelbus, zurück und steige an der Hauptstraße unten an der Küste aus, denn der Dolmusch fährt nicht bis ins Dorf hinein. Den Rest des Weges, zwei Kilometer ungefähr, gehe ich zu Fuß.
Aysun ist außer sich vor Freude über das grüne Kleid, das ich ihr mitgebracht habe. Ich habe es ganz bewusst ausgesucht, denn dieses Grün ist ihre Lieblingsfarbe, und sie sieht darin aus wie eine Fee. Ich verliebe mich erneut in sie.

Es ist Mittag, die Sonne hängt an der höchsten Stelle und schmilzt herunter. Die Hitze ist die Einzige, die auf der Straße weilt. Heute geht nicht einmal eine leichte Brise, das Leben ist wie angehalten.
Nach einer kleinen Mahlzeit aus Früchten lege ich mich auf der Terrasse unter den dunklen Trauben des alten Weinstocks im Schatten ein wenig nieder. Ich drehe mich hin und her, aber es ist mir unmöglich einzuschlafen, denn eine lästige Fliege kommt unzählige Male herangebrummt und lässt sich immer wieder auf meinem Gesicht nieder. Da fällt mir ein, dass ich meiner Frau Grüße aus der Stadt ausrichten sollte.
»Aysun ...«, rufe ich ins Haus, »ich habe vergessen, dir zu erzählen, dass ich heute deine Freundin Alev getroffen habe. Sie schickt dir liebe Grüße und du sollst sie bald besuchen.«
Eine Orange mit dem Messer schälend tritt Aysun auf die Terrasse heraus. »Wie geht es ihr denn?«
»Ich vermute gut, ich hatte zumindest den Eindruck. Sie hat erzählt, dass sie seit kurzem Vorstand einer kleinen Naturschutzorganisation ist.«
»Hat sie auch erzählt, was sie genau machen?«

»Sie sagte, dass sie sich für den Artenschutz einsetzen. Und dass sie dringend mehr Unterstützung brauchen.«

Nach einer Weile, in der nur die dicke Fliege zu hören ist, sagt Aysun: »Ich habe sie immer für ihren Willen bewundert. Schon in der Schule hatte sie ihren eigenen Kopf. Wenn sie sich für etwas einsetzt, dann tut sie es mit ganzer Kraft.«

»Ich finde auch, dass sie eine erstaunliche Frau ist. Und es ist gut, wie sie sich in dieser Männergesellschaft durchsetzt.«

»Ja!«, kommt die schnelle Antwort von Aysun. Ich merke, dass sie stolz auf Alev ist. Vielleicht spürt sie durch die Einsatzbereitschaft der Freundin auch ihre eigenen weiblichen Kräfte plötzlich stärker.

»Wollen wir uns ihnen anschließen?«, schlage ich vor und bin mir sicher, dass Aysun begeistert darüber sein wird. Aber zu meiner Überraschung zögert sie.

»Wir, Yunus? ... Meinst du wirklich?«

»Aber wieso denn nicht? Du weißt doch, was ich für die Vögel empfinde und wie liebend gerne ich etwas gegen die Jäger unternehmen würde. Ich finde, wir sollten gleich morgen hingehen und uns ihnen anschließen. Es kann uns nicht schaden. Und dieses sinnlose Töten muss einmal ein Ende haben! Wir haben nicht das Recht, Tiere zu unserem Vergnügen umzubringen.«

Aysun gibt sich einen Ruck. »Du hast Recht«, sagt sie. »Gehen wir morgen zu Alev und treten ihrer Organisation bei, ich bin einverstanden.«

Limons Tod

Es war eine von Aufregung begleitete Freude, uns für den Verein einzusetzen und Menschen und Behörden in der Sache anzusprechen. Wir wandten uns sogar an das Amt des Präsidenten in Lefkosa. Von vielen Seiten erhielten wir Zustimmung und Unterstützung für unser Anliegen und wir schöpften die berechtigte Hoffnung, dass sich das Blatt für die Vogelwelt der Insel irgendwann zum Positiven wenden werde.

Ich persönlich bin inzwischen zum Stein des Anstoßes für alle Jäger geworden, die in unserer Region jagen. Denn jedes Mal, wenn einer von ihnen mir in den Bergen begegnet, spreche ich ihn darauf an, warum er diesem unsinnigen Sport frönt, anstatt die Natur zu ehren und zu bewahren. Immer wieder ernte ich empörtes Kopfschütteln. Was mich das angehe, fragen sie regelmäßig, und dass ich mich lieber um meine Ziegen kümmern solle.

Manche gehen so weit, mir zu drohen. Sie fangen an, mich zu hassen.

An diesem Abend höre ich unweit von unserem Haus einen Schuss. Aysun und ich sehen uns an.

»Hast du das gehört?«, frage ich sie. Ich bilde mir ein, nach dem Schuss ein seltsames Geräusch gehört zu haben, etwas wie einen Schrei. Aysun nickt. »Jetzt übertreten sie sogar das Gesetz«, sage ich ungehalten, denn heute ist kein Sonntag.

Dann versuche ich an etwas anderes zu denken. Aysun kocht uns etwas Gutes und ich lese in meinem Kräuterbuch.

»Onkel Yunus! Onkel Yunus!«

Ich höre eine angstvolle Kinderstimme vor dem Haus nach mir rufen, springe auf und trete auf die Terrasse. Es ist der kleine Ali aus dem Nachbardorf, der uns ab und zu besuchen kommt, um mit dem Limon zu spielen. Er ist außer Atem und weint fürchterlich.

»Onkel Yunus, Onkel Yunus ...!«

Ich beuge mich zu ihm hinunter und lege beide Hände auf seine zierlichen Schultern.

»Ali, hör auf zu weinen. Was ist passiert?« Er antwortet nicht, schluchzt nur laut.

Ich schüttle ihn kräftig. »Ali, sag mir was los ist, aber hör auf zu weinen!«

»Limon, der Limon ... «, stottert er, »Onkel Yunus ...«

In diesem Moment schießt mir ein Schmerz ins Herz, der mich Fürchterliches ahnen lässt. Ich werde laut und hysterisch. »Was ist mit dem Limon?«

»Ein Mann hat auf ihn geschossen, er ist am Boden liegen geblieben, er liegt vor der Kreuzung von Catalköy!«

Ich springe auf.

»Yunus, nein, Yunus bleib hier!«, ruft Aysun. Sie hat Angst um mich, denn wer auf meinen Hund schießt, würde wohl auch nicht zögern, auf mich zu schießen.

Aber ich höre sie schon nicht mehr, wie von Sinnen renne ich ins Dorf hinunter. Ich laufe so schnell ich kann. »Liiimmoooonn!« Schon von weitem schreie ich seinen Namen.

Am Ortseingang sehe ich eine kleine Gruppe von Kindern stehen, auch ein paar Erwachsene sind darunter. Ich stürze herbei und stoße sie zur Seite, da liegt mein Hund in seinem Blut. Ich gehe neben ihm auf die Knie.

»Haut ab!«, brülle ich die Menschen an, »haut alle ab!«, dann nehme ich sie nicht mehr wahr.

»Limon«, stammle ich, »Limon, mein Kind, mein Alles.« Er zittert und ringt schwer nach Luft. Mein Freund liegt im Sterben, mein Gefährte, der mich mein ganzes Leben lang begleitet hat. »Mein Kind, wer hat dir das angetan ...« Ich hebe ihn vorsichtig in meine Arme, ich drücke ihn sanft an mich und küsse seine kalte Schnauze, spüre seine letzten feuchten Atemzüge, als wollte er mir noch etwas sagen. Er stirbt, aber dennoch sehe ich seine Freude darüber, dass ich da bin, dass er jetzt in meinen Armen liegt, als wäre das sein letzter Wunsch gewesen.

»O Gott, warum ... warum.« Meine Tränen fallen in Limons Fell, das ich unentwegt streichle.

Ich merke nicht, dass Aysun barfuß neben uns steht. Stumm wartet sie.

Ein letztes Mal sieht Limon mich aus seinen treuen Olivenaugen an, aus denen mir all die Jahre seine Zuneigung entgegengeleuchtet hat. Es ist so, als wollte mir sein Blick sagen, wie Leid es ihm tut, mich verlassen zu müssen. Dann lässt er seinen Kopf zur Seite fallen und geht von uns.

Ich beiße mir auf die Lippen, mein Inneres ist verwüstet. Niemand kann diesen älteren Mann verstehen, der da so schreit, erbärmlich um einen Köter weint, von denen doch so viele lausig frei auf unseren Straßen herumlaufen, einsam die Nächte anheulen und die Abfälle nach Nahrung durchwühlen.

»Er ist tot.« Jetzt habe ich es ausgesprochen. Vor mir steht Aysun, besorgt und betroffen, sie schließt mich in ihre Arme und birgt meinen Kummer darin, den sie weinend mit mir teilt.

Die Nacht vergeht ohne Schlaf. Immer wieder, wenn ich zum Limon hinsehe, möchte ich nicht glauben, dass er tot ist. Ein Teil meiner tiefsten Empfindungen ist mit ihm im Nichts verloren. Ich weiß nicht, wie ich den nächsten Tag ohne ihn verkraften soll, ich weiß nicht, ob ich mich je daran gewöhnen werde.

Bei Sonnenaufgang begrabe ich ihn unter dem Olivenbaum in unserem zaunlosen Garten. Neben dem Grab pflanze ich einen Zitronenbaum an, die Pflanze, nach der mein Vater ihn benannt hat. Seine Nähe wird mir das Gefühl der Zusammengehörigkeit geben, ich möchte, dass er bei uns schläft wie in der langen Zeit, in der er nachts hier sein Revier bewacht hat. Kostbarer, treuer Begleiter all meiner Tage.

Der Tag ist lang, ich bin tief in Gedanken und verlasse den Umkreis des Grabes nicht.

Mit seinem plötzlichen Abschied hat Limon mich um Jahre altern lassen.

»Du hast seit gestern Abend nichts gegessen und nichts getrunken.« Aysun ist besorgt um mich. »Komm, nimm etwas zu dir, Yunus, bitte.«

»Ich kann nicht, Aysun.«

»Ich weiß, wie dir zumute ist, Yunus, aber du musst wenigstens ...«

»Ich weiß, wer es getan hat«, unterbreche ich sie. »Ich weiß nicht, wer genau, aber es muss einer von den Jägern gewesen sein.«

Aysun sieht mich stumm an. Dann sagt sie: »Du kannst Recht haben. Du hast dich immer wieder mit ihnen gestritten und sie haben dir gedroht, nicht wahr?«

»Ich glaube, sie haben es aus Rache getan. Sie haben sich zu lange über mich geärgert, weil ich ihnen ständig im Weg war bei ihrem Sonntagssport.«
»Du meinst ...!?«
»Ja. Ich glaube, dass es kein Unfall war. Man hat es absichtlich getan. Eine Warnung für mich.«
»Sollen wir zur Polizei gehen?«
»Zur Polizei? Auf dieser Insel gibt es kein Gesetz, Aysun. Das weißt du doch. Außerdem, wen sollten wir anzeigen, wenn die Polizei selbst sonntags auf der Jagd ist?!«
»Aber was können wir dann tun?«
»Ich weiß es nicht.«
Die Liebe zu einem Hund ist die Erfahrung einer göttlichen Liebe, dessen bin ich sicher. Sie ist das Wissen zur Einfachheit, zu den kleinen Freuden, die Bindung an die Natur. Sie ist wie das Ohr für den Wald und die Flüsse, das Auge für den Himmel und das Meer, sie ist eine Weise des ewigen Kindseins.
Ich wende mich zum Gehen.
»Wo willst du hin?«
»Nach Kyrenia.«
»Was hast du vor, Yunus?« Aysun läuft mir nach und stellt sich mir in den Weg. Sie weiß, dass mein Zorn mich heute zu Grunde richten könnte.
»Mach dir keine Sorgen. Ich komme bald zurück. Aber ich will wissen, wer es war. Ich gehe ins Café am Hafen, vielleicht erfahre ich etwas. Ich kann nicht hier sitzen und nichts tun, Aysun. Ich würde die Nacht nicht überstehen. Bitte gib den Ziegen Wasser, ich bin bald wieder da.«

Die Nachricht hat sich schnell bis in die Stadt verbreitet. Man spricht mich sogar darauf an. Ich habe vermutet, dass es sich rumsprechen würde, aber dass es so schnell geht, verwundert mich doch ein wenig. Trotzdem kann ich über die Sache nichts in Erfahrung bringen.
Ohne Zögern gehe ich zum Verein der Jäger, wo ich jederzeit unwillkommen bin. Man kennt mich bereits. Hier treffen sich die stolzen Männer, die so gekonnt ihre Gewehre tragen, hier trifft man sich zum Kartenspielen unter Gleichgesinnten. Ein Platz für Hochintelligente – wie konnte ich nur all die Jahre verbringen, ohne selbst auf den Geschmack des Tötens zu kommen? Das ist

genau das, was meine Seele immer gesucht, aber nicht gefunden hat ... Aus kalten Augen schauen sie mich an, und ich spüre, wie mir die Wärme ihres Hasses entgegenschlägt. Meine Brust schwillt auf, ich habe das Gefühl, jede Sekunde zu explodieren.

»Bei uns haben nur Mitglieder Zutritt«, ruft einer mir zu, der hinterm Tresen beschäftigt ist.

»Sie haben hier nichts verloren!«, kommt es vom Kartentisch. »Verlassen Sie auf der Stelle den Verein.«

Am liebsten würde ich sie alle wie Regenwürmer zertreten, aber sie sind es nicht wert, und außerdem bin ich allein zu schwach, um ihnen etwas zuzufügen. Wenn es aber um Limon geht, dann bin ich für jeden Einzelnen von ihnen eine Gefahr.

»Wer von euch hat meinen Hund ermordet? Wer war es?«, brülle ich in den Raum. »Wenn er so viel Mut hat, soll er aufstehen, ich bin hier!«

»Was für einen Hund? Was wollen Sie? Stören Sie uns nicht länger!«

»Verschwinden Sie ... Hauen Sie ab.«

Zwei von ihnen stehen auf, packen mich an den Armen und versuchen mich rauszuwerfen.

Ich wehre mich und stoße sie weg.

»Keiner von euch hat so viel Hirn wie ein Gebüschvogel, jeder Aasgeier würde kreischend vor euch davonfliegen, wenn er nur eure erbärmlichen toten Gesichter erblickte. Ihr macht den Vögeln ihre Heimat zum Leichenplatz und jetzt habt ihr auch noch meinen Hund auf dem Gewissen!«

»Schmeißt diesen verkalkten alten Hirten endlich raus!«

»Ihr sollt im Blut eurer Jagdbeute ersticken, ihr Mörder! Die Bergschluchten sollen euch lebendig begraben ...«

Das Gefühl des maßlosen, ohnmächtigen, rasenden Zornes, der sich die ganze Nacht und den ganzen Tag über in mir aufgestaut hat, kommt in mir hoch, Tränen der Enttäuschung schießen mir in die Augen, ich schreie aus vollem Leibe. Man schleppt mich auf die Straße, wo meine laute Wut ein paar Schaulustige angelockt hat.

Hinter der Scheibe glotzen die Jäger mir dumpf hinterher.

Ich verkrafte den Tod meines Hundes einfach nicht, der auf die Rechnung von einem dieser Männer geht. Ich laufe zum Straßenrand, hebe einen großen Stein auf und werfe ihn mit aller Kraft in die Glasscheibe, hinter der die Mörder sitzen.

Immer mehr Menschen haben sich versammelt, inzwischen werde ich von ein paar Unbeteiligten festgehalten, die es gut mit mir meinen und versuchen, mich zu beruhigen.
Vielleicht habe ich falsch gehandelt. Aber wer wird mir meinen Limon ersetzen? Wer wird diese Verantwortungslosen endlich in die Knie zwingen?

Die Polizei übernahm den Fall, ich hatte ihr nichts zu sagen.
In der Menge waren ein paar junge Gesichter, die ich aus dem Artenschutz kannte. Sie sprachen mit einem der Beamten und bemühten sich, mein Handeln zu erklären. Trotzdem wurde ich abgeführt. Die Nacht verbrachte ich hinter Gittern.
Erst am nächsten Vormittag wurde ich durch die Vermittlung des Artenschutzes freigelassen.
Vor dem Revier wartete Aysun auf mich, neben ihr stand Alev.
»Es tut uns allen so Leid wegen Limon«, sagte sie. »Es war richtig, wie du dich verhalten hast. Es ist an der Zeit, dass wir unsere Stimmen lauter erheben, damit all diese Gewehre endlich schweigen.«
Zuhause stellte Aysun mir einen Teller Suppe hin.
»Du siehst müde aus, Yunus. Hier, iss etwas.«
Langsam löffelte ich die Suppe. Ich hatte ganz vergessen, dass ich seit zwei Tagen nichts gegessen hatte.
»Du hast mir große Angst eingejagt, Yunus, als du so spät am Abend immer noch nicht zurück warst. Dabei bist du …«
»Sage nichts, Aysun. Komm her zu mir.«
Sie kam, wir umarmten uns, ich küsste sie auf die Stirn, auf die Augen, auf ihre wunderbar geformten Lippen.

Entscheidungen

In der Nacht auf dem Revier hatte ich mir vorgenommen, das Plateau zu kaufen oder zu pachten. Wie die Wälder war es im Besitz der Regierung. Ich hatte vorerst keine Ahnung, wie es mir gelingen könnte, meinen Plan zu verwirklichen, aber es schien mir der direkteste Weg, einem Teil der Vögel zu helfen, indem ich ihnen diesen Rastplatz sicherte. Diesen Platz der Ruhe, an dem mein Carobbaum sehnsüchtig auf die Rückkehr Mehmets wartete.

Zwei Tage lang hütete ich mein Geheimnis, dann erzählte ich Aysun davon. Sie sah mich fassungslos an. Sie musste annehmen, dass ihr Mann nun vollends zu einem durchgedrehten Träumer geworden war.

»Das Plateau möchtest du kaufen?« Sie schwankte zwischen Lachen und Panik. »Soll das ein Scherz sein?«

»Nein, Aysun, es ist mein Ernst.«

»Womit, um Himmels Willen, willst du das Plateau kaufen? Wie stellst du dir das vor?« Sie schaute mich ungeduldig und etwas verärgert an. Ich konnte sie verstehen. »Wir haben kein Geld, Yunus.« Sie zog sich einen Stuhl heran und setzte sich neben mich an den Tisch. »Außerdem sind die Berge Eigentum des Staates. Ich wüsste nicht, dass man sie kaufen kann ...«

»Auf dieser Insel gibt es nichts Unkäufliches«, erwiderte ich. »Schau dir doch die teuren Häuser an den Berghängen an, die sich nach und nach wie die Ratten vermehren.«

»Aber, Yunus, ... du weißt doch, dass wir nichts haben. Du bist ein Hirte und keiner von denen, die Häuser bauen.«

»Wir haben etwas gespartes Geld.«

»Davon kannst du zwei Ziegen kaufen, aber kein Plateau. Verstehst du das denn nicht?!«

»Ich werde ein paar Ziegen verkaufen und ...«

»O Gott, ich kann es nicht glauben, du willst deine Ziegen verkaufen. Aber wir leben von ihnen!« Sie sah mich an, als redete ich im Fieber, aber ich wusste, was ich wollte, und die Idee stand mir immer deutlicher vor Augen.

Es war unsere erste Auseinandersetzung seit unsere Tochter die Insel verlassen hatte. Ich gab dabei keinesfalls nach, aber ich erklärte ihr mit Nachdruck, was mir die Sache bedeutete. In dieser Nacht schliefen wir getrennt. Ich hatte sie beleidigt.

Am nächsten Morgen saßen wir schweigend beim Frühstück wie zwei kleine Kinder, die sich gestritten haben und nicht mehr miteinander sprechen.
»Du willst damit die Vögel retten?«
Überrascht hebe ich den Kopf und sehe meine Frau an. Ich höre auf zu kauen und warte.
»Ich habe dir schon einmal gesagt, du hättest Präsident der Insel werden sollen. Nicht ein gewöhnlicher Hirte, den nicht einmal seine eigene Frau versteht.« Dann schweigt sie wieder, aber ich glaube ein Lächeln in ihrem Mundwinkel zu entdecken.
»Du meinst ...?«
»Ja. Mach, was du für richtig hältst, damit dein Empfinden mit dem verschmilzt, wofür du brennst. Ich stehe auf deiner Seite.«

»O Aysun, wie sehnsüchtig habe ich deinen Schutz erhofft, ohne den ich nichts bin. Ich liebe dich meine ... meine Aprikosenblüte.«

Noch am selben Tag gehe ich nach Kyrenia und erkundige mich nach dem Plateau. Wie ich es erwartet habe, werde ich von einem Zimmer zum anderen geschickt, als ob niemand sich zuständig fühlen würde. Der verantwortliche Beamte sei nicht da, heißt es, ich solle morgen wieder kommen.

Am nächsten Tag stehe ich schon am frühen Morgen wieder vor dem Rathaus. Eine halbe Stunde nach dem offiziellen Beginn der Bürozeiten geht das Tor auf. In einem Vorzimmer warte ich eine weitere Stunde auf den Beamten. Trotz des harten Stuhls nicke ich ein, der Schleier der Morgenmüdigkeit hat sich über mich gesenkt.
»Kommen Sie herein«, werde ich von einer Stimme geweckt.
Ich trete in ein kahles Amtszimmer und sehe ein ernstes Gesicht hinter dem großen Schreibtisch.
»Was wollen Sie?«, kommt die kurze Frage, aber ich merke, dass dieser Mann weicher ist, als er sich zu geben versucht.
Ich erkläre ihm mein Anliegen.

Ein einfacher Hirte kann nichts Schlimmes im Sinn haben, wenn er ein unbedeutendes Plateau für seine Ziegen pachten will, mag er gedacht haben. Er verlangt meinen Ausweis und schiebt mir ein paar Formulare zu, die ich ausfüllen muss, dann nennt er mir nach einer Liste den aktuellen Wert des Landes, nach dem ich gefragt habe.

Die Summe brummte mir im Kopf, als ich nach Hause ging. Mein Geld reichte nicht hin und nicht her. Nicht einmal, wenn ich all meine Tiere verkaufte, hätte ich es erwerben können. Ich sprach mit Aysun. Sie bat ihre Mutter um Unterstützung. Die Mutter gab uns ihren Segen und einen Teil ihres Ersparten. Ich verkaufte vier meiner zwölf Ziegen und fügte alle meine Ersparnisse hinzu. Noch immer hatten wir weniger als die Hälfte beisammen. Zwei Wochen waren verstrichen. Ich war verzweifelt.

Ich verkaufte das ein oder andere Stück aus unserem Hausstand, zum Schluss traf ich die Entscheidung, mich vom Erbe meines Vaters, dem Olivenhain zu trennen, in den er so viel Zeit und Arbeit investiert hatte. Ich empfand einen großen Schmerz darüber, aber ich wusste, wofür ich es tat, und das war mir dies alles wert.

Der letzte fehlende Teil des Geldes kam vom Artenschutz, er hatte es unter seinen inzwischen zahlreichen Mitgliedern gesammelt.

Nach drei Monaten konnte ich das Plateau in meinen Besitz übernehmen und dazu einen großen Teil des angrenzenden Fichtenwaldes pachten.

Die Nachricht erweckte große Freude bei unseren Freunden und allen, die uns wohl wollten. Schon zwei Tage nach dem Kauf begann ich, rund um das Gebiet Keile in die Erde zu schlagen, um allen Jägern zu signalisieren, dass es sich um privaten Boden handelt. Zutritt verboten.

Ein paar Mal wurden die Zäune niedergetrampelt. Ich stellte sie wieder auf. Inzwischen hatten sich die Jäger daran gewöhnt, und trauten sich nicht mehr in das Gebiet. Ich war der Eigentümer des Plateaus und der ungern gesehene Wächter der Vögel.

Eine ungewöhnliche, friedliche Freude durchfloss mich, wenn ich die winzige gerettete Singpracht von Baum zu Baum flattern sah. Ich hatte das Gefühl, dass mein Handeln einen ganz besonderen Sinn gefunden hatte, und dieses Gefühl verjüngte mich.

Hätte ich die Macht, würde ich die gesamte Insel unter Naturschutz stellen und alle Tiere taufen, damit auch die Kinder der Jäger eines Tages noch Vogelschwärme zu sehen bekommen und verstehen, dass sie heilig sind.

Ich bin ein Teil dieser Schwärme und die Wurzel des Carobbaums, unter dem ich so gerne döse und nachdenke.

»Olivio, Olivio!«

Olivio? Neugierig gehe ich aus dem Haus auf die Terrasse, um zu sehen, wer da so ruft.

Es ist Ali, der den jungen Hund lockt, den ich letzte Woche nach Hause mitgebracht habe.

»Ein Hirte braucht einen Hund«, hatte Aysun mehr als einmal gesagt, und irgendwann musste ich ihr Recht geben. Es traf sich gut, dass mir ein Freund von dem frischen Wurf seiner treuen Hündin erzählte, und als die Welpen so weit waren, dass man sie von der Mutter trennen konnte, suchte ich mir einen von ihnen aus.

Mit schrillem Gebell springt er jetzt tapsig hin und her, versteckt sich hinter einem Baum, duckt sich hinter Blumen. Das Kind und der kleine Hund sind voneinander völlig angetan.

»Wie nennst du ihn noch mal?«, frage ich Ali.

»Olivio«, antwortet Ali und bleibt stehen. »Oder hast du für ihn einen anderen Namen, Onkel Yunus?«

»Nein, ich habe mich noch nicht entschieden.«

»Kann ich ihn Olivio nennen? Bitte!«

»Wie kommst du denn auf diesen Namen?«, will ich wissen.

»Er ist schwarz wie eine Olive und klein wie eine Olive. Deshalb.«

Ich sehe mir meinen neuen Genossen an, denke kurz nach, dann zucke ich die Schultern, streiche mir zweimal über das Kinn und sage: »Warum nicht? Gut. Nennen wir ihn Olivio, es hört sich lustig und heimisch an.«

Ali freut sich und ruft sofort wieder nach seinem kleinen Freund, der gerade ums Haus rennt. »Olivio, Olivio!« Mit diesem Ruf rennt er ihm nach.

Ich lache und sehe einen Teil meiner Kindheit in diesem Wettrennen aufblitzen. Ich lasse sie spielen und gehe voll Freude ins Haus zurück.

Ich breche eine Schote von unserem Carobbaum ab und knabbere an der harten Schale. Dann beiße ich ein Stück ab, spucke die dunkelbraunen Kerne aus, für die meine Zähne nicht gemacht sind, weil sie viel zu hart sind, kaue den Rest zu Brei, presse ihn zwischen Zunge und Gaumen und schlucke den Zuckergeschmack hinunter.

Unten im Dorf gibt es eine Familie, die eine spezielle Pressmaschine besitzt. Damit gewinnen sie aus den Schoten den schweren Pekmez, den wir zum Backen verwenden oder für Süßgetränke. Sogar Schokolade kann man daraus machen.

Schon immer habe ich den Kuchen besonders gern gemocht, den Aysun damit bäckt – vor allem, wenn der Pekmez dafür von meinem eigenen Baum kam.

Schon mein Vater war von meiner Mutter mit demselben Rezept verwöhnt worden. Die Insel ist gesegnet mit Carobbäumen, überall wachsen sie wild, der Rest wird auf Feldern gezogen.

Von meinem Vater wandern meine Gedanken zu Limon. Obwohl ich alle Hände voll damit zu tun habe, Olivio zu erziehen, geht mir seine Anwesenheit ab. Er hätte jetzt halb auf meinem Fuß liegend neben mir gedöst. Wahrscheinlich werde ich seinen Geist noch lange über das Plateau laufen und die Ziegen treiben sehen. Ich habe seinen buschigen, wedelnden Schwanz vor Augen – er wusste genau, wie sehr er geliebt wurde.

Ich muss tief in Gedanken gewesen sein, als mich eine fremde Stimme in die Gegenwart zurückholt.

»Yunus Baba!«, höre ich einen Ruf hinter mir. Ich zucke etwas zusammen, dann drehe ich mich um.

»Ach, du bist es.« Ein junger Jäger von etwa 25 Jahren kommt auf mich zu, den ich seit seiner Kindheit aus Catalköy kenne und der mir, seit ich begonnen habe, mich für die Vögel einzusetzen, beständig aus dem Weg gegangen ist.

»Ein schöner Tag heute«, sagt er, nachdem er schon eine Weile neben der Bank steht und endlich Mut gefasst hat, mit mir zu reden.

»Ja«, gebe ich einsilbig zurück, ohne ihn anzusehen. Ich spüre, dass der junge Mann etwas auf dem Herzen hat. Die Situation ist ihm peinlich, es belastet ihn etwas.
»Was suchst du auf meinem Grundstück?«, frage ich ihn schließlich. »Ich sehe, dass du dein Gewehr nicht bei dir hast. Gehst du denn heute nicht auf die Jagd?«
»Ich bin gekommen, um ...«
»Etwa, um mich zu fragen, ob du auf diesem Platz schießen darfst? Oder was willst du?«
»Nein ...nein! Sicher nicht aus diesem Grund ...«
»Weshalb also?« Ich erinnere mich nur zu gut, dass er schon als Junge ständig eine Steinschleuder in der Hosentasche trug und damit den Tieren auflauerte. Daher war ich so gleichgültig und hart ihm gegenüber.
»Ich weiß, Yunus Baba, was du über mich denkst.« Schüchtern tritt er einen Schritt näher. Er kann mir nicht einmal in die Augen sehen.
»Ich habe es mir überlegt, Yunus Baba.«
»Was hast du dir überlegt?«
»Dass ich die Jagd aufgeben werde. Ganz und gar. Ich bereue alles, was ich die ganzen Jahre gemacht habe.«
Erst jetzt sehe ich ihn wirklich an. Aber ich bleibe still und lasse ihn aussprechen.
»Ich habe mein Gewehr verflucht. Ich habe es zerbrochen und vergraben.«
Ich bin mir bewusst, dass dieser junge Mann gerade eine Beichte ablegt. Es ist eine Zeremonie der Sündenvergebung wie in einer orthodoxen Kapelle. Ich suche in seinem zerknirschten Gesicht die Wahrheit, die da so spät über ihn gekommen ist.
»So ein Bekenntnis allein ist einfach«, sage ich zu ihm, der zu Boden starrt. »Fühle es in dir. Fühle wie der Gott für seine Kinder fühlen würde. Erst wenn du schlaflos bist, den Appetit verlierst, wenn du mit dem natürlichen Schmerz auf der Brust über das nachdenkst, was du getan hast, erst wenn du wirkliches tiefes Mitgefühl für die Kreaturen Gottes in dir spürst, wo du vorher nur ans Töten gedacht hast, erst wenn du so weit bist, ohne dich dazu zu zwingen, dann glaube ich dir deine Reue. Sie wird mit Stottern und Tränen über dich kommen. Es wird ein Moment sein, in dem die Wirklichkeit tief in dich eindringt und du Anerkennung für alle Lebewesen im Wald, in der Luft und

im Wasser empfindest, und auch für die Menschen im gleichen engen Raum, der uns so groß und unermesslich vorkommt.«

Er war der erste Jäger, der Mitglied beim Artenschutz wurde. Damit begann sein langer Kampf gegen die sture Dummheit seiner früheren Genossen.

Vergebung ist die Sache Gottes. Mir aber wurde er willkommen. Von Zeit zu Zeit kam er mich besuchen und ich erkannte, dass das Mitgefühl in ihm Wurzeln geschlagen hatte. Seither kenne ich ihn strahlend, ausgeglichen und hilfsbereit. Bald möchte auch er sich einen Flecken im Wald freikaufen.

In ein paar Wochen kommt Ayse mit ihrer Familie zu Besuch. Sie wollen das Neujahrsfest bei uns auf der Insel verbringen. Auch Defne, unsere zukünftige Politikerin, hat uns am Telefon gesagt, dass sie es nicht erwarten kann, das neue Jahr mit uns gemeinsam zu beginnen. Ich sehne mich nach diesem Abbild meiner geliebten Frau.

»Du hast einen Brief aus der Türkei«, sagt Aysun am Mittag und legt den Umschlag vor mich auf den Tisch. »Er ist von deinem Freund.«

»Mehmet!«

Voller Erwartung, mit klopfendem Herzen, so als wäre unsere Kindheit nicht vergangen, so als wäre ich noch immer ein 14-Jähriger, öffne ich den zweiseitigen Brief.

Ich verschlucke die Zeilen, ohne Luft zu holen. Dann beginne ich noch einmal von vorne zu lesen.

»Gute Nachrichten?«, fragt Aysun.

»Seine Frau ist tot.«

»Was?«

»Sie ist vor einem halben Jahr auf der Straße überfahren worden.«

»Mein Gott, wie furchtbar.«

Auch wenn ich seine Frau nie gekannt habe, öffnet die Nachricht eine Wunde in mir.

»Er vermutet, dass man seine Frau ermordet hat.«

Aysun sieht mich mit großen Augen fragend an.

»Er ist ein Richter. Er hat nie nach der Gefahr entschieden, in die er sich selbst bringen könnte, sondern immer nach der Gerechtigkeit. Jetzt musste er ein Urteil mit dem Tod seiner Frau bezahlen.« Meine Tränen fallen auf Mehmets Schrift herab.

»Es tut mir so Leid, Yunus«, flüstert Aysun voller Mitgefühl, die immer in meiner Seele zu schreiten weiß, weil sie eins mit mir ist. Sie umarmt mich von hinten und lehnt ihren Kopf an meinen.

»Deshalb konnte er so lange nicht schreiben. Er ist mit diesem plötzlichen Tod seiner Frau nicht fertig geworden ... Er schreibt auch, dass er schwer krank ist. Er magert immer mehr ab und die Ärzte können ihm nicht helfen.«

»Kein Wunder nach so einem Schicksalsschlag.«

»Ich vermute, es ist auch die Großstadt. Das Leben im Gedränge, ohne Bäume und mit einer schlechten Luft zwischen den Häusern und dem hohen Himmel. Vielleicht trifft einen dann das Alter früher als hier bei uns ...«

»Weißt du, was er noch schreibt, Aysun?!« Inmitten der Trauer bricht die Freude unverhohlen aus mir heraus. Aysun sieht mich überrascht an.

»Er will nach Zypern zurückkommen! Für immer, Aysun! Sobald er dort alles verkauft hat, will er kommen. Er will die restlichen Jahre seines Lebens auf dem alten Grundstück seiner Eltern verbringen.« Ich denke an dieses Grundstück, auf dem die Reste des alten kleinen Hauses von Gras überwuchert sind. Das Fischerboot, das sie dort in der Bucht zurückgelassen hatten, ist in all den Jahren zu Staub und Asche zerfallen. Nur die Erinnerungen sitzen noch auf den Mauern der Geschichte und schauen auf das himmlische Seidenmeer, als ob sie auf etwas warteten.

Mehmets Brief weint und lacht in einem. Ich fühle wieder wie damals als Kind, ich nehme die Freude aus seinen Zeilen und hoffe auf das Versprechen seiner baldigen Rückkehr, die nun 48 Jahre gedauert hat.

Sofort nehme ich ein weißes Blatt zur Hand und antworte ihm. Ich schreibe ihm, dass er zum Neujahrsfest kommen soll, ich würde dort oben am Carobbaum auf ihn warten, wo wir uns in unserer Jugend verabschiedet haben.

Ilyas Dede

Doch am selben Nachmittag bringe ich den Brief auf die Post nach Kyrenia. Anschließend gehe ich runter zum Hafencafé und kühle meinen erhitzten Kopf im Schatten mit einem Glas Wasser. Ich bestelle mir einen guten schäumenden Mocca und schlürfe ihn mit Genuss.

Eine Weile sehe ich den Spielenden zu, die mit Eifer würfeln. Einige sind in meinem Alter, andere älter und manche sind so alt, dass sie nur noch selbstvergessen vor sich hinmeditierend im Schatten der Oleanderbäume vor dem Café sitzen und ihre Rosenkränze zwischen den Fingern rollen. Dabei blicken sie aus tief liegenden Augen schweigend aufs Meer, für keinen anderen mehr erreichbar.

Einer von ihnen aber beteiligt sich noch wie eh und je am Gespräch. Der Urvater von allen, Ilyas Dede, sitzt an seinem gewohnten Eck, sein Stock lehnt an dem ungedeckten Holztisch – »Dede« ist der Beiname für eine uralte, ehrwürdige Person. Und das ist Ilyas Dede, all die Jahre haben es nicht geschafft, ihn zu verbiegen.

Ich stehe auf und setze mich an seinen Tisch. Er begrüßt mich herzlich und klopft mir auf die Schulter. Sein Lächeln und seine gute Laune haben meinen ganzen Respekt, ich küsse ihm die Hand.

»Danke, mein Sohn, danke. Gott möge dich annehmen. Du bist ein seltener Gast an diesem Ort.« Mit zwei Fingern bedeutet er dem Wirt, uns zwei Cay zu bringen. »Was führt dich her?«

»Ich war in der Stadt, musste zur Post und noch ein paar Dinge erledigen und ich dachte ...«

»Du dachtest, du willst doch mal wissen, ob das geliebte Café deines Vaters noch Gäste bewirtet?«

»Ja, so ist es.« Ich lache. Wir lachen beide, wieder klopft er mir auf die Schulter und beschenkt mich mit wahrer Freude.

Ilyas Dede ist zur Hälfte ein griechischer Zypriot. Er hat alle Kriege und Auseinandersetzungen überlebt, die die Insel in den letzten 80 Jahren erschüttert haben. Seinen Geburtsort, Kyrenia, hat er nie verlassen, aber er ist zufrieden, er liebt seine Insel und sitzt täglich an diesem Eck. Jeder kennt ihn.

Wir unterhalten uns über die Welt und die alten Zeiten, und dann fängt Ilyas Dede an, von der Wunde zu sprechen, die wir alle gemeinsam haben. Manchmal scheint es fast vergessen zu sein, aber es steckt in den Herzen aller, die diese Insel lieben.

»Es war eine Zeit, die meine müden Lippen nicht mehr gut erzählen können, aber meine alten Augen sehen es noch so deutlich, als wäre es gestern geschehen«, beginnt er und nimmt genussvoll einen Schluck Tee. Sein Blick richtet sich urteilend in die Vergangenheit.

»Sieh dich doch um! Was haben die hirnlosen Kahlköpfe schon erreicht, die sich für besonders kluge Politiker halten? Jede Form der Macht ist ihnen nicht mächtig genug und sie treffen ihre Entscheidungen über uns hinweg und zu ihren eigenen Gunsten.«

Ich nicke mit dem Kopf und gebe dem Dede Recht. Wir bestellen noch zwei Cay.

»Sie alle sitzen auf ihren weichen Sediren, auf denen sie es sich mit ihren fetten Hintern bequem gemacht haben. Über dem übervollen Magen hängt ihnen das Kinn auf die Brust, wie bei einer gebärenden Kuh. Sie waren es, die den Befehl gaben zu schießen. Zu bombardieren: Tötet sie alle, Kind, Frau, Tier – alles, was sich im fremden Revier bewegt, kann unser gefürchteter Feind sein, also erschieße ihn, den Hurensohn, und hoch mit der Fahne! Es lebe nur das Land, aus dem ich komme; die Sterbenden von meinem weichen Sitzpolster aus zu beobachten, beruhigt mich.« Mit Ironie und bitterem Schmerz hat Ilyas Dede gesprochen.

Aber, du wirst sehen, bald werden alle Tore aufgehen. Der Hoca wird zum Priester finden und der Priester zum Hoca. Die Glocken der orthodoxen Kirchen werden wieder neben den Moscheen erklingen und die Männer werden in den Häfen von Kyrenia, Famagusta, Limassol und Larnaca wieder gemeinsam Tavla spielen und dabei den schäumenden türkischen Mocca schlürfen.

Ilyas Dede ist ein Weiser aus zwei Völkern, mit einem Bein steht er auf dieser Seite der Grenze, mit dem anderen Bein auf der anderen Seite. Er spricht nicht nur für ein Volk, denn er besteht aus beiden. Aber man hat von den Zweigen seiner Umgebung, seiner Familie und Freunde, so viel abgebrochen, dass sein Stamm verdorrte. Der Krieg hat ihm viel genommen.

Was könnte ich ihm übel nehmen? Nichts, woran ich mich erinnern würde in all der Zeit, gar nichts. Mein eigener Charakter wird mir bewusst, wenn ich so die bittere Wahrheit aus dem müden Mund eines enttäuschten Weisen höre.

Ein Mensch wie Ilyas Dede ist wie ein Geschichtsbuch. Er weiß viel und hat vieles mit eigenen Augen gesehen. Er ist ein Augenzeuge der nahen Vergangenheit. Dieses Buch müsste man unbedingt gelesen haben, um zu verstehen, auf was für einer Erde wir leben, in was für einer Heimat wir unsere Kindheit und Jugend verbracht haben. Um zu wissen, ob die Sonne immer schon an der gleichen Stelle in den gleichen Farben unterging oder ob dieser Sonnenuntergang in der Vergangenheit von Blut befleckt war. Manchmal stören ein paar zornige Flüche den hohen Ton dieses Buches, weil Ilyas Dede für den Frieden und für das Zusammenleben aller Völker ist.

Meine Bewunderung für diesen Mann ist groß, denn er weiß, wovon er spricht. Auch wenn er im Chaos des Krieges, als jedem sein eigenes Leben das Nächste war, alle verloren hat, die er liebte, habe ich ihn doch nie von etwas anderem sprechen hören als von Frieden, Achtung, Freundschaft und Liebe. Einen anderen Weg gibt es für ihn nicht. Für mich ist dieser Mann aus dem Volk, dieser Urvater, ein Weiser.

Was sollte uns auch die Weisheit derjenigen nützen, die offiziell zu diesem Amt bestimmt sind und religiöse Ratschläge austeilen, aber tatenlos zusehen, wenn ein junger Soldat mit der Kasernennummer 7989 unschuldig und voller Lebenspläne unter dem dichten dunklen Scheitel, von einer verirrten Kugel getroffen wird und stirbt.

Ja, bleibe nur da, wo du bist, unter deinem Altar und dem Siegel der allmächtigen Liebe, aber glaube mir, der Gott ist unter den Menschen, um ihnen beizustehen. Wann erhebst du dich von deinem Kirchenthron? Wie lange willst du noch zusehen, wo dein Gott dich doch längst um Hilfe gebeten hat?

Habt ihr es gewusst, dass Gott unten an der Promenade spazieren geht? Dass er auf der Straße mit den Kindern spielt, Kranke besucht, an den Blumen riecht, die Tiere liebt und alles achtet, was zerbrechlich ist? Er kommt sogar in die Cafés und setzt sich

zu den Menschen an die Tische und hat mit ihnen Spaß. Er ist ein Kind, das Liebe braucht. Ohne Kind ist das Leben nicht einmal halb so schön.
Deshalb achte ich den Ilyas Dede. Wenn sein Leib dazu imstande wäre, würde er sich für die Vereinigung der beiden getrennten Völker einsetzen.

»Die Kinder dieser Insel, die Kinder anderer Länder, sie alle wurden an die Front geschickt. Man richtete sie ab auf den Hass, anstatt sie als Menschen zu unterrichten. Sie schossen auch auf den Wind, bloß weil er sich bewegte – so lautete der Befehl.«

Ilyas Dede macht immer wieder Pausen beim Sprechen, er ist zu alt und zu müde, um fließend zu plaudern. Aber wir haben Zeit, so viel Zeit, dass wir sie für andere Länder herstellen könnten, die sie nicht haben.

Unsere Unterhaltung hat die Neugier von zwei Männern mittleren Alters geweckt. Sie kommen an unseren Tisch herüber und spendieren zur Begrüßung eine Runde Cay. Ilyas Dede erzählt weiter.

»Sie starben, vergruben ihre Zukunftspläne und Lebenswünsche an der Front. Die sie erschossen, waren selbst unschuldige Fahnenretter und Landesverteidiger. Das Jubeln besaß keinen Boden, denn es gab niemanden, der etwas gewann. Wer geschossen hatte, hatte auf immer einen Teil seines Inneren verloren. Den meisten wurde erst nach dem Krieg wieder bewusst, dass sie ganz normale Menschen waren und tiefe Gefühle im Herzen trugen.«

Wir, die wir zuhören, nicken ihm langsam und bestätigend zu. Er führt uns die Bilder der Vergangenheit lebendig vor Augen.

»Meistens wird das Falsche erst im Nachhinein erkannt und noch später zugegeben – wenn überhaupt. Hinterher stehen alle vor unlösbaren Fragen: Warum? Wie konnte es geschehen? Aber dann ist die fruchtbare Erde bereits gerötet und ein Stacheldraht trennt die Familien und Freunde, und die Soldaten, die ihn bewachen müssen, leben mit der Angst im Leib. Jeder Soldat auf der Welt fürchtet sich vor dem Unheil des Krieges, das steht fest.« Sein Blick ist voll Trauer, er atmet tief ein und wieder aus.

»Aber ein Köter hat eben seinem Herrn zu gehorchen.« Das sind deutliche Worte. Alle am Tisch wissen, wovon er spricht.

»Hat mein Volk nicht Jahrhunderte lang mit allen Brüdern hier in freundschaftlichem Austausch und in Liebe gelebt? Haben wir nicht Braut und Bräutigam getauscht? Wie lange wandern unsere Namen schon hin und her. Schaut mich an ... Ich bin wie jeder von euch ein türkischer Zypriot, und gleichzeitig stamme ich von zypriotischen Griechen ab – wo ist nun meine Heimat? Ist diese Insel nicht unser gemeinsames Nest? Lasst uns doch gemeinsam leben wie die Familie, die wir einmal waren. Zeigt eure Bräute, hier sind unsere! Lasst uns tanzen, das Leben ist kurz und schön, noch haben wir Zeit zum Lachen.« Er legt seinen Rosenkranz auf den Tisch, nimmt den Hut ab und streicht sich durch sein dichtes graues Haar, von dem er selbst im hohen Alter kein einziges verloren zu haben scheint. Mit einem großen zerknitterten Stofftaschentuch wischt er sich den Schweiß von der faltigen Stirn.

Ich sehe ihn an und erblicke in ihm die Wurzel einer mächtigen Kraft. Er ist ein sozial denkender Politiker, er hat einen Hauch von allen Religionen in seinem Glauben, er kennt das Meer der Gütigkeit und er ist ein ganz normaler Mensch mit höchst achtenswerten Gotteseigenschaften. Das ist es, was ihn so besonders macht.

»Was hätten wir aber anderes machen sollen? Man gab uns den Befehl zu schießen, bevor der andere es tun konnte«, sagt einer der Versammelten.

»So haben alle gedacht. Genau damit wurde die Angst geschürt«, wage ich einzuwenden.

»Wir haben ganz eindeutig im Schatten anderer gelebt, die nicht hierher gehören. Und wenn sie inzwischen offiziell hierher gehören, dann weil es von oben so gewollt ist.« Es ist der Inhaber des Cafés, der jetzt mitredet, in der einen Hand ein großes weißes Tuch, in der anderen einen Stapel Teegläser. Die Diskussion bringt alle Anwesenden zusammen.

»Ja, wir sind in den scharfen Pranken von zwei Ländern, die uns in Stücke teilen, wie es ihnen passt.« Dieser Satz trifft ins schwache, verletzliche Herz der Insulaner.

»Wir sollten sie an den Glocken aufhängen, mit denen sie sich als Botschafter unseres Gottes ausgeben. Sogar den Glauben wollen sie für uns übernehmen ... es ist lächerlich.«

»Diese Länder – sie sind in der Lage, das Gleiche noch mal zu tun.« Der Wirt wird jetzt laut, steht da, seine Miene vom Ärger ein bisschen verzerrt, wie eben ein Mensch, der schimpft und sich rechtfertigt. »Ohne mit der Wimper zu zucken, würden sie es wieder tun, ohne Scham und ohne Rücksicht. Der Hass besteht seit der Antike, seit die Osmanen in Konstantinopel einmarschiert sind und die Türkei gegründet haben.«

»Es spricht ein wahres Wort«, sagt Ilyas Dede und deutet mit dem Finger auf den Wirt, während er uns alle ansieht, damit wir hören sollen, wo die Wurzel des Hasses liegt, das Schicksal unserer Gegenwart.

»Schaut euch uns nur an, meine lieben Genossen, seht euch um, was aus unserer Gesellschaft geworden ist. Die meisten Menschen wissen vermutlich gar nicht, dass es diese Insel gibt, so unbedeutend ist dieses Fleckchen Erde für den Rest der Welt. Aber für uns war es einmal ein blühendes Feld, jeder trockene Ast trieb Knospen und die Straßen waren vom Lärm der verschiedenen Sprachen belebt.

Jetzt stehen wir in diesem Teil der Insel kurz vor der Existenzlosigkeit ... Armut lauert vor der Tür und viele von euch haben keine Arbeit. Die Jugend ist auf dem Festland oder noch weiter weg im Ausland. Gott sei Dank, dass wir noch unser Ackerland bewirtschaften, von dem unser Brot kommt, was würden wir ohne diesen Besitz sonst machen?« Ilyas Dede sieht mich und die anderen nacheinander an.

»Ich kann mich so gut an sie erinnern, an meine Landsleute. Freunde, wertvolle Menschen so wie ihr – sie sind umgekommen, manche sind einfach verschwunden, von vielen habe ich nie wieder etwas gehört und man weiß bis heute nicht, was mit ihnen geschehen ist.« Die müden Augen des Ilyas Dede werden feucht, sein Ton zerbrechlich, ich sehe in ihm das Kind im hohen Alter.

»Es war nicht schön«, sagt er und reibt sich mit den Fingern die Augen, »zuzusehen, wie Freunde und Nachbarn ihre Häuser und ihr Land verließen, um in die griechischen Gebiete zu flüchten. Und die wenigen, die blieben, taten es in der Hoffnung, dass alles bald vorüber wäre und sie so ihr Zuhause nicht verlieren würden, aber sie leben hier in Angst und Unsicherheit.«

Ilyas Dede weint, mir bricht es das Herz. Alle, die nach und nach an unseren Tisch kamen, um dem alten Mann mit ihrem ganzen Respekt zuzuhören, sind still, die Betroffenheit ist ihren Gesichtern anzusehen.

Oliven-Anbeter, fröhlich lachende Orangen-Backen – das Volk von Zypern

Auf dem Weg nach Hause frage ich mich, ob wir jemals den verlorenen – oder vielmehr gestohlenen – Frieden wiederfinden werden. Zurzeit sind die Fronten so verhärtet, dass es kein Zurück zu geben scheint. Es sieht ganz so aus, als ob wir in der eigenen Heimat Recht und Land verloren hätten.

Durch die Erzählungen des Ilyas Dede stehen mir die eigenen Kindheitserinnerungen wieder deutlich vor Augen. Schüsse, die hautnah vorbeiflogen, Granaten, die die Erde spalteten.

Weiß man eigentlich, wer diesen krankhaften Krieg begonnen hat? Gab es jemanden, der den entscheidenden Befehl gegeben hat? Obwohl es auch bei uns ein paar fanatische Glaubensbrüder gibt, die hin und wieder für Unruhe sorgen, ist es außerhalb meiner Vorstellungskraft, dass es die Inselbewohner selbst gewesen sein sollen. Nicht die, die ich kenne, diese Oliven-Anbeter, diese fröhlichen Orangenbacken, die dem Lachen gewidmet sind, die das Leben annehmen, so wie das Schicksal es ihnen vorgibt. Nicht das Hirtenvolk, das von der Sonne geprägte.

Die Nacht gibt mir keinen Schlaf. Ich wälze mich hin und her. Noch höre ich die Wellen der Worte des Ilyas Dede, ich will raus, in die frische Nachtluft. Als ich aus dem Bett steige, wacht Aysun auf, die einen leichten Schlaf hat.

»Wo gehst du hin, Yunus?«, fragt sie besorgt.

»Ich kann nicht schlafen, ich will ein wenig vor die Tür.«

»Dein Kopf ist schwer, dich belastet etwas, das dir den Schlaf nimmt.« Sie kennt mich und auch diesmal ahnt sie den Grund meiner Unruhe.

Ich gehe aus dem Haus in die bleierne Nacht, die vom Sichelmond bekrönt ist. In seinem Licht sehe ich die Fledermäuse auf ihrem Flug nach Insekten haschen.

Olivio kommt wedelnd herangelaufen und springt an meinen

Waden hoch. Da will einer so spät noch ein Spiel beginnen, aber mir ist nicht danach.

Es tut gut, zu hören, dass es noch Eulen gibt, die zwischen den Sirenengrillen und anderen mondsüchtigen Nachtbewohnern ihre Rufe aus dem Wald senden.

Manchmal denke ich, dass es schade ist, die Nächte zu verschlafen, obwohl sie so wundersam, sagenhaft und friedlich sind. Sie sorgen für helle Gedanken, was man von ihnen nicht vermutet, weil man sie für gewöhnlich mit geschlossenen Augen verlebt.

Beim nahen Heulen eines Straßenköters betrachte ich eine Weile die vielen Sterne und das dichte Band der Milchstraße über der Insel. Ich frage mich, was wohl da oben geschieht, wenn so ein Stern verlöscht, wenn er in blitzartiger Geschwindigkeit in Flammen aufgeht, für eine kurze Sekunde lang einen brennenden Schweif mit sich zieht und dann verschwunden ist. Es ist ein nächtliches Spiel, das mich in Erstaunen versetzt, mich vor lauter Achtung ein wenig versteinert und zugleich süchtig macht. Es ist das Gefühl, mit der Nacht ganz allein zu sein und ihr selbst zu begegnen. Ein Teil der kindlichen Angst vor der Dunkelheit wird uns wohl immer bleiben.

»Du wirst dich erkälten, wenn du hier in deiner dünnen Hose so halb nackt auf der Treppe sitzt.«

Ich hätte mir denken können, dass Aysun ohne mich nicht schlafen würde. In ihrem langen weißen Nachthemd glänzt sie neben mir in der Nacht wie die schaumgeborene Aphrodite.

Sie beugt sich zu mir hinunter und spricht: »Was kann dein Herz nicht ertragen, mein Liebster, sag es mir. Ohne dich kann ich nicht schlafen, deine Sorge ist ja auch meine Sorge.«

»Es ist nicht der Rede wert, es nichts, wofür du deinem Schlaf entfliehen musst. Ich denke ...«

Und ich beginne, ihr von diesem Tag mit Ilyas Dede im Hafencafé zu erzählen – in dem Café, das einmal das Stammcafé von meinem und Mehmets Vätern war.

Irgendwann merke ich, dass sie an meine Schulter gelehnt wieder einschläft. Da bringe ich sie unter meinen Arm genommen zurück ins Bett. Ich halte neben ihr noch Wache, jede Mühe ist vergeblich – meine Augen sind müde, aber mein Herz ist wach.

Es ist ein Gewissenskampf, der sich gegen die Ungerechtigkeit richtet. Ich allein kann unmöglich die Insel segnen, ich kann die regierenden Köpfe nicht in Propheten verwandeln, dass sie Frieden über dieses Land brächten, kann aus Gewehrkugeln keine Rosen werden lassen. Aber vielleicht gibt es irgendetwas, das ich noch tun kann, bevor der Tod mich zu sich einlädt. Mit dem Plateau habe ich mir selbst bewiesen, dass ich noch Dinge bewegen kann. Ich spüre noch eine übrig gebliebene Kraft in meinen Gelenken, die im Kampf für den Frieden der Insel vielleicht noch Fesseln sprengen kann.

Ich bin die Erinnerung an die Zukunft, die in Wahrheit nach der kommenden Generation ruft:

»Bewahrt, was euch gegeben ist, denn diese kostbare Mutter wird nicht alle Tage geboren. Sie ist die Einmalige, die uns Schutz und Lebensraum gewährt. Blüht sie wie für unsere Vorfahren, so werden noch lange Zeit Bienen brummen, die blauen, einmotorigen Libellen Seen und Teiche in tiefem Flug überfliegen, die Frösche aus dem aufgeblasenen Singbeutel ihre Zeremonien quaken.«

Klar und eindeutig ist doch unser Wunsch, wozu noch bis Mittag schlafen und wieder einen Tag verstreichen lassen? Wozu die Verlogenheit, mit der wir unsere Hausschuhe vor die Eingangstür stellen, um hineinzuschlüpfen, wenn wir das Haus verlassen, anstatt umgekehrt? Zieht sie aus, werft sie über den Zaun, aber achtet darauf, dass ihr weit werft, oder verbrennt sie am besten, damit sie nicht im Nachbargarten landen.

Wandelt euch zur Geburt zurück, kommt langsam und achtsam in die Gegenwart, als gäbe es nichts anderes als das Gute, nichts anderes als die Liebe, die zarten Küsse der Mutter, die aufgeregten feuchten Hände des Liebhabers und den Schlaf.

Dieses Leben ist ziemlich einfach, aber so viele wollen das nicht glauben – daher diese Unordnung überall. Man versucht, das Beste daraus zu machen, obwohl wir das Beste haben. Mit diesem Schritt sind wir ins Schwanken gekommen, bis wir unser Gleichgewicht schließlich ganz verloren haben.

Meine Frau mag Recht haben, ich hätte Präsident der Insel werden sollen. Ein Hirte mit einer Krone – es ist ein lustiges, beinahe ein lächerliches Bild, aber mein Charakter wäre standhaft wie der eines Hundes.

Die Rache der Jäger

Übermorgen ist der letzte Tag eines langen Jahres, das mir plötzlich selbst wie ein einziger Tag vorkommt. In manchen Höfen der Engländer leuchten Christbäume zum Gedenken an die Geburt Jesu. In Kyrenia sind die Geschäfte mit Sternen und künstlichem Schnee geschmückt, es riecht deutlich nach Silvester.

Gestern ist meine Schwester Ayse mit ihrer Familie eingetroffen. Heute schlafen sie aus, sie sind von der langen Reise erschöpft.

Von Mehmet habe ich auf meinen letzten Brief noch keine Antwort erhalten. Vielleicht war die Zeit zu knapp.

Ich nehme meinen Ziegen die Glocken ab, um meine schlafenden Gottesgäste nicht zu wecken. Leise machen wir uns auf den Weg. Olivio rennt voraus – nicht wie Limon hinterher, um die Tiere voranzutreiben. Er ist noch zu verspielt. Ich gebe mir Mühe, ihn zurückzuhalten, denn auf der offenen Weide wird er mir manchmal zur Last, wenn er davonrennt, im Wald verloren geht, und ich ihn dann lange suchen muss. Jetzt ist er so weit vorangelaufen, dass ich ihn nicht mehr sehen kann, und so bleibt mir nichts anderes übrig, als dem Unerzogenen mit den Ziegen zu folgen. Während des ganzen Steilwegs bis zur Ebene des Plateaus sehe ich den Hund nirgendwo und glaube schon, ihn wieder verloren zu haben. Als wir aber oben ankommen, sehe ich den kleinen kurzbeinigen Kerl bereits von weitem auf der Holzbank unter dem Carobbaum sitzen. Mit aufgerichteten Ohren schaut er mir entgegen. Es kommt mir fast so vor, als würde er mich frech angrinsen. Ich muss lachen.

Als ich näher komme, bietet sich mir jedoch ein erschreckendes Bild. Der Holzzaun auf der rückwärtigen Seite des Plateaus ist über die gesamte Länge eingerissen und niedergetrampelt, die Umgebung verwüstet. Fassungslos, enttäuscht und verärgert stehe ich vor dem Werk der Zerstörung.

»Diese gottlosen Schänder! Der Teufel soll euch anspucken!«, schreie ich meinen Zorn heraus. Sofort kommen mir die Jäger in den Sinn und leider liege ich damit richtig – nach und nach trifft mich ihre Rache. Zwei Männer springen aus den Büschen und kommen auf mich zu. Sie sind etwa um die vierzig. Ich weiß nicht, was sie wollen, aber ihre Mienen lassen nichts Gutes vermuten. Noch bevor ich ihnen eine Frage stellen kann, springen sie auf mich los. Ich versuche, mich mit dem Stock gegen sie zu wehren, aber meine Alterskraft reicht nicht aus. Sie schlagen zu. Erst mit bloßen Fäusten, dann mit meinem Stock, den sie mir aus der Hand gedreht haben.

Zuerst denke ich, dass sie mich zu Tode prügeln werden. Aber als ich halb bewusstlos am Boden liege, machen sie sich aus dem Staub und verschwinden im Wald.

Ich höre noch Olivios erschrockenes Bellen, dann wird mir schwarz vor Augen.

Als ich wieder zu mir komme, spüre ich das Gras der Wiese in meinem Mund, keuchend ringe ich nach Luft und richte mich mühsam auf. Ich greife an meinen pochenden Schädel und habe Blut in der Hand – Blut im Gesicht, Blut in der Nase. Innerhalb weniger Minuten schwellen mir beide Hände zu Klumpen, es fühlt sich so an, als ob sie mir mit dem Holzstock ein paar Finger gebrochen haben. Dass ich die Schläge überhaupt überlebt habe, kommt mir vor wie ein Wunder und ich kann meine Tränen nun nicht mehr aufhalten.

Ich weiß nicht, wie ich den Heimweg geschafft habe – halb kriechend, unter Atemnot, mit rasendem Kopfschmerz und dem Gefühl, als wäre mir jeder einzelne Knochen im Leib zu Brei geschlagen worden. Nach einer endlosen Zeit kam ich an unserem Haus an und brach auf der Treppe zusammen.

Es war Turgay, der älteste Sohn von Ayse und Erdal, der mich fand. Er geriet außer sich, fluchte laut und brüllte vor Wut über das, was man mir angetan hatte.

Sein Vater war ruhiger, noch während er mir ins Haus half, bat ich ihn, meine Ziegen zu holen, damit sie nicht verloren gingen und nannte ihm die kleine Zahl der verbliebenen Herde. Erdal lebte seit 30 Jahren nicht mehr das Leben eines Zyprioten, aber ich wusste, dass er das Land mit seiner Seele noch kannte und meine Tiere nach Hause bringen würde.

Aysun war verzweifelt und versorgte weinend meine Wunden. Nach meinen Anweisungen mischte sie die Kräuter aus der Sammlung, kochte einen Brei daraus und strich ihn, als er abgekühlt war, auf die Schwellungen. Ayse half ihr und wich nicht von meiner Seite. Die erwachsenen Kinder saßen am Küchentisch und unterhielten sich im Flüsterton, die Sorge und Betroffenheit lastete schwer auf dem ganzen Haus.

Später erzählte ich, was geschehen war, und dass ich die Täter nicht kannte, aber stark vermutete, dass es Jäger waren – oder dass sie von den Jägern gedungen waren.

Wo die Jäger zu finden seien, wollte Turgay wissen, aber ich hielt ihn auf und erklärte der Familie mit Aysuns Hilfe nach und nach alle Zusammenhänge.

Der älteste Sohn fand keine Ruhe. »Wie kann man einen alten Mann schlagen? Das sind keine Menschen! Ich verkrafte es nicht. Lasst mich gehen! Ich finde diese Hurensöhne!«

Es war ein schwarzer Tag für uns alle. Turgay verließ das Haus, sein Zorn lag ihm wie ein Dorn im Bauch. Er fuhr nach Kyrenia und verwüstete den Verein der Jäger. Er schlug in blinder Wut um sich, bis die Polizei ihn und einige Jäger festnahm. Erdal und Ayse gingen hin, um für ihn vorzusprechen und meinen Fall zu Protokoll zu geben. Obwohl wir keine Beweise hatten, war die Vermutung, dass ich von den Jägern verprügelt worden war, Grund, meinen Neffen vorläufig wieder freizulassen.

Am nächsten Tag gingen meine Schwellungen etwas zurück. An der linken Hand waren zwei Finger gebrochen, ich trug sie in einem Verband, darunter eine Kräutermischung aus dem Vermächtnis-Buch.

An diesem Abend kam Alev mit andern Freunden aus dem Artenschutz zu uns. Sie hatten erfahren, was vorgefallen war – in einer so kleinen Stadt wie Kyrenia verbreitet sich jede Nachricht wie ein Lauffeuer.

»Wir werden der Sache nachgehen, Yunus«, versprach Alev. Der Fall beschämte sie zutiefst, ich las den Abscheu und die Verzweiflung aus ihrem Gesicht, aber dennoch sagte sie: »Du wirst sehen, am Ende werden wir siegen. Das Gute kann man nicht beschmutzen, unser Vorbild hat es bewiesen. Wir bleiben auf diesem Weg.«

Ja, sie hat Recht. Und wenn ich morgen stürbe, so ginge ich in der Gewissheit, dass mich das Leben aller Wesen, die ich all die Jahre in der Natur beobachtet habe, den selbstverständlichen Abschied auf dem Weg zum Tod gelehrt hat, und dass ich so mit aller Liebe auf ihn vorbereitet bin.

Silvester – Die Melodie der Fasane

Heute geht das alte Jahr in die Vergangenheit über. Wir stehen nur einen Schritt noch vor dem neuen, das uns Glück, Friede und die verspätete Vereinigung bringen möge.

Es ist für mich wie eine Sucht, jeden Morgen noch vor der Sonne den Tag zu begrüßen, während die Vögel alle Melodien singen, die sie erfinden können, als wollten sie das Licht erbeben lassen. Wie ein Schleier flattern sie von Baum zu Baum, ihr Geschrei sind Harfen, die Wellen schlagen in der Luft. Ich bin süchtig nach dieser Musik, deren Klänge man keinem Klavier entlocken kann, bin launisch, beinahe unglücklich, wenn ich einmal einen Morgen verschlafe und dieses Konzert nicht erlebe.

Auch diesen letzten Tag des alten Jahres beginne ich mit ihnen und mit den Dingen, in denen ich mich wiederfinde. Ich fülle alle Räume meiner Sinneszellen mit den Gesängen dieser Morgenwilderer und treibe die Ziegen aus dem Stall. Der Himmel ist von einem noch unreinen Blau, langsam schleicht sich die Morgendämmerung davon, unter den Bäumen ist es noch halb dunkel.

Im Haus schlafen alle, nur Olivio ist schon bei mir, springt und zappelt wild in der Gegend umher, er weiß, wo es hingeht.

Mein Leib fällt mir zur Last. Ich spüre die Verletzungen von vorgestern, ein paar Rippen und meine Unterarme pochen vor Schmerz, doch ich wandere hoch zum Plateau.

So weit es meine Kraft erlaubt, habe ich die Verwüstung wieder in Ordnung gebracht. Noch immer bin ich innerlich zutiefst erschrocken über diese menschliche Zerstörungswut.

Die Sonne legt sich langsam auf das feuchte Gras. Der Himmel hat ein anderes Blau als noch vor zwei Stunden, es ist dunkler und tiefer – so früh schon Wind? Es sieht nicht nach Regen aus, aber man weiß es nicht, jeder Tag ist voller Unvorhersehbarem, auch wenn wir uns die Köpfe zum Bersten mit Plänen und Vorhaben füllen.

Die Ziegen haben sich verstreut, manche weiden an den Abhängen, andere suchen so früh schon den Schatten der Bäume auf. Inzwischen steht die Sonne über meinem Scheitel. Der auf einen Wetterumschwung hindeutende Wind nimmt weiter zu, aber nirgends ist auch nur der Hauch einer Wolke am Himmel zu sehen.

Die Erschöpfung hat sich mir in die Augen gesenkt. Sie sind weitsichtig und liebevoll zu allem und wissen die Farben der Natur gut zu unterscheiden. Mein Herz ist immer noch jung, so saftig und frisch wie das Moos an den feuchten Steinwänden der Wasserwege in unseren Schluchten, es zeigt mir mit Güte und Segen das nötige Verständnis für alle Dinge des Lebens.

Ich habe Kopfweh. Es muss noch vom Schlag auf den Hinterkopf herrühren, den sie mir vorgestern hier oben zugefügt haben. Ich kann kaum klar denken.

Ich trinke etwas kalten Salbeitee, aber auch das scheint nichts zu nützen. Der Schmerz ist stur und kriegerisch.

Ich gehe zur Wasserquelle am Felsenhang, halte meinen Kopf darunter und trinke ausreichend. Dann wasche ich mir Hals und Gesicht. Schließlich kühle ich meine Füße unter der Quelle, aber der Teufel muss in mich gedrungen sein, denn nicht einmal das stillt diesen langsam zerbrechenden Kopf.

Ich gehe zurück zum Carobbaum und strecke mich auf der Bank aus. Vielleicht muss ich nur etwas schlafen.

Ich höre das Rauschen des Windes in den Blättern über mir. Mir ist übel, mein Kopf ist eine einzige Glut, ich kann die Augen nicht öffnen.

Ich höre Stimmen aus dem Wald, die immer näher kommen. Dann sehe ich sie, es sind die Jäger. Viele sind es, alle, die ich kenne, und andere, die ich noch zuvor gesehen habe.

Sie schreiten im Kreis auf mich zu, rücken immer näher, wenige Meter von mir entfernt bleiben sie stehen und richten ihre Gewehre auf mich. Sie beschimpfen mich und erklären mir zynisch, dass ich sie nun nicht länger von der Jagd abzuhalten brauche. Sie sagen es offen heraus, dass sie meinen Hund erschossen haben, aber dass sie, da ich nichts daraus gelernt habe, nun leider auch mich aus dem Weg schaffen müssen. Ich habe keine Angst, aber der Schweiß rinnt mir die Stirn herab, ich will sie anschreien und von meinem Besitz vertreiben, aber ich bin wie angekettet, kann mich nicht rühren und nicht sprechen. Stumm formen meine Lippen Worte, vergeblich, meine Stimme bleibt fern. Da schießen sie auf mich, ihre Jagdhunde setzen zum Sprung an und fliegen heran, um mich zu zerfetzen, Olivio sucht winselnd Schutz zwischen meinen Füßen und bellt wie von Sinnen – ich schrecke schweißgebadet hoch und öffne meine vernebelten Augen. Es war ein Traum.

Die Schmerzen jedoch und das Gift in meinem Kopf waren nicht Teil des Traumes.

Dichte schwarze Gewitterwolken ziehen am Gipfel vorüber, es war ein Blitz, der auf die Felsen schlug, der mich aus den Visieren der Jäger rettete. Der donnernde Regensturm ist schon sehr nahe, aber ich kann mich nicht erheben, teuflische Übelkeit geht durch meinen Magen und erfasst den ganzen Körper, der Klang der Blitze lässt meinen Kopf zerspringen.

Ich höre die ersten kräftigen Regentropfen auf das Blätterdach des Carobs fallen. Bilde ich es mir ein, oder werde ich tatsächlich vom Vater gerufen? Ich höre seine Stimme, jetzt sehe ich ihn kommen, es ist nicht möglich, er ist es! Wenig weiter steht die Mutter und winkt mir zu. Ich bin klein und schmal, meine Füße sind die eines Jungen, ich bin zurückgegangen in meine Kindheit.

Gott helfe mir, eine fremde Macht droht mich zu ersticken, ich bekomme keine Luft mehr. Ich weiß nicht, was mit mir los ist, ich muss dringend nach Hause, ich glaube, ich bin fürchterlich krank.

Ich öffne die Augen und sehe die Äste sich im Wind biegen, die Carobschoten rascheln, das Unwetter liegt weiterhin schwarz oben am Gipfel, wo die Adler wohnen. Aber ich schaffe es nicht, sie geöffnet zu halten, meine Kräfte entweichen mir, ich muss mit geschlossenen Augen liegen bleiben, wenn ich mich nicht übergeben will.

»Hörst du, was ich höre?«, frage ich meine Frau und lausche wieder nach draußen.

»Natürlich! Sie sind zu dir gekommen«, antwortet sie.

Ohne zu verstehen, wovon sie spricht, gehe ich ans Fenster, schiebe die Gardinen auf und sehe draußen unzählige Menschen, die sich in unserem Garten versammelt haben.

»Was wollen diese Menschen von uns, wieso sind sie zu unserem Haus gekommen?«

Mit einem leisen Lächeln sieht Aysun mich gütig an. Sie ist nicht wie immer, ich erkenne nicht die Wirklichkeit in ihren Augen. Sie ist anders.

»Sie sind deinetwegen hier«, sagt sie und sieht dabei nicht mich an, sondern die Menschen draußen und schenkt ihnen ein warmes Lachen.

»Meinetwegen?«

»Ja.«

»Aber warum bloß?«

»Weil du es so wolltest, Yunus. Du bist der gewählte neue Präsident Nordzyperns. Die Menschen sind hier, um dir zu gratulieren.«

Für einen Augenblick verliere ich die Sprache. Mein Blick streift über das aufgeregte Volk, weit hinunter, und findet das Meer.

»Ich bin Präsident?« Ich werde gleich über mich selbst lachen, wenn das wahr ist.

»Yunus.« Jetzt dreht Aysun sich mir zu und sieht mich fest an. »Sie haben dir vertraut. Sie haben in deinen Ansichten das gefunden, was ihnen bisher kein Politiker geben konnte. Sie lieben dich. Ihre Zukunft liegt jetzt in deinen Händen. Geh und sprich zu ihnen, sage ihnen, was du denkst und was sie tun sollen, denn es ist dein Volk. Sie haben dich als ihren Hirtenstern am Himmel auserkoren. Geh und steige auf den Brunnen, sprich zu ihnen. Sprich laut und verständlich, damit dich auch die Tauben hören, auch die, die hier das Gleichgewicht stören und uns das Land unter den Füßen wegstehlen.

Worauf wartest du noch, Yunus? Geh und brülle alles aus deiner Brust heraus, was dich beschäftigt, schütte die Wahrheit aus deinem Herzen auf sie herab. Spucke dein Wissen bis Südzypern hinunter, damit auch sie endlich die bisher verdeckte Wahrheit erfahren. Komm, es ist Zeit, sie jubeln dir zu, geh, geh …«

Zögernd trete ich aufgeregt auf die Terrasse heraus und stehe dem Volk Angesicht zu Angesicht gegenüber. Einige Sekunden lang herrscht Stille, dann erhebt sich ein Jubel der Stimmen bis hinunter an den Abhang, wo das Dorf beginnt. Ich kann das Ende der Versammlung nicht sehen, immer mehr Menschen schließen sich dem Ereignis an.

Unter ihnen erkenne ich Gesichter aus Catalköy und aus Kyrenia. Die Menschen stehen bis zu den Stufen unserer Terrasse.

Ich, der gewählte Präsident, der Hirte aus dem Schoß der Fünffingerberge, steige langsam die Stufen herab und hinein in den Nabel meines Volkes, das mich von allen Seiten anfasst und betastet und mir seine Glückwünsche ausspricht. Sie machen den Weg frei und ich steige auf den Brunnen, aus dem unser Trinkwasser gezogen wird.

»Es lebe unser neuer Präsident, es lebe unser neuer Präsident!«, schreien sie mit hoch in die Luft erhobenen Armen. Ich sehe flüchtig zum Haus zurück, wo Aysun am Weinstock auf der Terrasse steht und mir zulächelt.

Aus der Unsicherheit heraus öffne ich die Schleusen meiner überlasteten Talsperre, um die Zerbrochenheit zu einer neuen Einheit zusammenzufügen. Dort, wo die Herde vertrauensvoll auf einen verlässlichen Wegkenner wartet, soll das verlorene Leben wiedererblühen.

»Ich bin ein Teil von euch, ein Zweig von jedem Baum. Gestern war ich euer Kind, heute seid ihr meine Kinder, unter euch sind manche, denen ich meinen ganzen Respekt vor dem Alter entgegenbringe.« Jetzt breitet sich Stille aus. Deutlich sind plötzlich die nahen Berge zu hören.

»Es ist ... der heilige Wunsch des Gottes, der in jedem von uns nachdenkt, dass seine Kinder, die noch viel lernen müssen, vor allem dies eine erreichen: friedlich zusammenzuleben. Könnt ihr Liebe und Güte spenden? Dann gebt sie. Befreit euch endlich von diesem Blutfraß, damit ihr klar denken könnt.

Seht euch um. In jedem Ort, in jedem verlassenen Dorf, an allen Ecken stehen Soldaten. Das ist ein Bild, an das wir uns gewöhnt haben. Straßensperren gehören zu unserem Alltag. Vielen von euch fällt es gar nicht auf, weil sie damit groß geworden sind. Aber früher konnten alle Bewohner dieser Insel, wo auch immer sie wollten, frei herumlaufen – auch in all den Gebieten, die heute allein den Soldaten zu gehören scheinen und die wir nicht mehr betreten dürfen. Geht und schaut euch Lefkosa an!«

Die durstigen Zurufe meines Volkes lassen den Brunnen unter meinen Füßen vibrieren. Ich merke, sie sind zum Frieden bereit.

»Sei mein König, sei mein Hirte, wir folgen dir!«, ruft einer aus der Menge.

»Du bist ein Geschenk für unsere Insel«, ruft ein anderer. »Wo bist du so lange gewesen?«

Ein beinahe angstvolles Verantwortungsgefühl wacht über mich, über mein Handeln, über jeden Satz, den ich sagen will, aber ich kann nicht mehr zurück, denn sie haben mich gewählt. Nun stehe ich vor einer Wahrheit, die ihnen den Glauben genommen hat wie die Suren aus dem heiligen Buch, an dem das Volk festhält.

»Wo einmal Freundschaft und Friede wie in einem Körper und aus einer Quelle in uns flossen«, spreche ich weiter, »da wurde plötzlich die Quelle vergiftet. Und dann begann es zu regnen – ein Dauerregen aus Kugeln und Sprengkörpern, in blinder Wut, die zuvor niemand kannte. Plötzlich waren alle erblindet und schossen um sich, ohne zu ahnen, was sie da taten.

»Freiheit und freie Wirtschaft für Zypern«, schreit jemand laut. Andere greifen den Ruf auf.

»Freiheit und Unabhängigkeit für Zypern!« Aus allen Richtungen erheben sich die Stimmen.

Ich hebe meine Hand und bitte sie mit dieser Geste um ihr Gehör, denn die Vorstellung, dass dieses Volk den gleichen Fehler noch einmal begehen könnte, ist mir wie ein Messerstich in der Seele. Noch einmal würde die Insel ein Blutvergießen nicht verkraften, deshalb bleibe ich noch bei dem, was geschehen ist.

»Dörfer, die voller Kinder waren, wurden rücksichtslos beschossen. Das ist auf beiden Seiten passiert. Zypriotische Kinder, solche mit türkischstämmigen Eltern und solche mit griechischen Eltern, sind in diesem Bürgerkrieg, in diesem Bruderkrieg ermordet worden.« Wenn es Tränen sind, die einem Volk gewidmet sind, Tränen des Andenkens für unsere gemeinsamen Verstorbenen, dann sollte ich sie vor niemandem verstecken müssen. Ich bin ein Mann, aber ich trage das Herz eines kleinen Kindes in mir. Ich will ein Präsident sein, der sich traut, vor seinem Volk zu weinen, wenn es sein muss.

Das Volk ist mit einem Mal so still wie ein schlafender Säugling, so still wie manche Nächte. Diese Menschen haben noch nie einen Politiker gesehen, der weint.

»Ein kalter Wind peitschte gegen die verlassenen Häuser und über die unbeerdigten Leichen.« Ich wische mir die Tränen aus den Augen. Ich will ihnen die vergessene Geschichte erzählen.

»Jeder Schritt auf die Straße konnte eine Kugel in den Rücken bedeuten. Häuser, Läden, Felder und Saatgut, alles wurde ausgeplündert. Unsere Frauen wurden vergewaltigt, auch Mädchen, die noch Kinder waren und die durch keine Behandlung der Welt von dieser seelischen Verwundung genesen können, weil sie darüber die Sprache verloren haben. Ihre Väter hat man erdrosselt oder erschossen.«

Ich sehe weinende Gesichter in der Menge. Manche nehmen den Hut vom ergrauten Haupt und lassen ihre Tränen laufen, weil ihnen die Bilder so deutlich vor Augen stehen, als sei es gestern passiert. Sie wissen, wovon ich spreche.

»Lieber bin ich ein Hund, der im Abfall wühlt, von Läusen und Zecken befallen, als ein Mensch, der anfängt Kinder zu misshandeln, weil ein Krieg ausgebrochen ist! Das gilt für die ganze Menschheit, für jeden Soldat der Welt, der eine Mutter hat.«

Die Menge wird unruhig, aber ich kann und will nichts im Schatten lassen, denn ich bin der, den sie sich ausgesucht haben, um ihnen eine friedliche und einträchtige Zeit zu bringen.

Ich erkenne die Gesichter einiger Jäger unter ihnen, weiter vorne meine Freunde vom Artenschutz.

»Seht euch um!«, werde ich nun lauter. »Meine Worte sind an alle von euch gerichtet! Seht hinauf, wie schön und weiblich die Berge sind, die den Vögeln und anderen Tieren als Rastplatz dienen. Sie erzählen Geschichten, von denen wir nicht die geringste Ahnung haben. Die Olivenbäume haben Generationen und Generationen gesehen und sind unsere Zeugen geworden. Aus diesen Bergen sind jetzt Sperrzonen geworden. Wo du auch deine Schritte hinwendest, triffst du auf Soldaten. Ich frage euch aber: Wer kümmert sich um uns, seit sie jedem von uns ein Stück Land gespendet haben? Manchen von uns hat man Tiere zugeteilt, aber sie wurden selbst zu Tieren. Das Recht und die Sicherheit, die man uns versprach, hängen heute noch ebenso unsicher in der Luft wie damals. Kaum etwas hat sich verändert, es wird seit vielen Jahren verhandelt und verhandelt, aber ohne Ergebnis.« Meine Worte fließen brausend aus mir raus, ich schreie sie für alle laut heraus bis hinunter zum Abhang. Es sind keine weisen Worte, sondern diese Worte sind die Auferstehung selbst, sie sind die Klosterglocken, um die Schlafenden zu wecken und zum Wahrheitsgebet zu rufen, im Namen der Allmächtigkeit, im Namen ihres Kinderwillens.

»Aus der Türkei sind Tausende freiwillig zu uns übergesiedelt, landlose arme Menschen, die jetzt unter uns sind. Es begann eine Art wechselseitige Völkerwanderung, die Familien aus Anatolien kamen hierher und unsere Jugend verließ die Insel und verlässt sie noch heute, um aufs Festland zu gehen.

Auf wankendem Boden wurde eine Regierung gegründet, aber die eigentliche Macht lag beim Militär, dessen Parole lautete: Radikalität! Keiner von uns Insulanern war fähig, die Heimat zu regieren, aber wir wurden auch nicht danach gefragt. Unsere gesamte Verwaltung, alle öffentlichen Ämter Nordzyperns, sind von der Türkei beeinflusst, wenn nicht direkt von ihr besetzt. Uns Zyprioten ist das Recht im eigenen Land genommen worden.

Was uns aus der Zerbrochenheit geblieben ist, sind Ruinenherzen voller Angst und die Beständigkeit, mit der wir von der Vergangenheit träumen. Die Zeit kann man nicht zurückdrehen. Aber wenn wir weiterhin auf den gleichen ungeteerten Pfaden ziellos umherirren, dann kann und wird sich nichts ändern.«

Ich habe nie viel von Beifall gehalten, aber ob ich es will oder nicht, heute wird er mir in großer Dankbarkeit gespendet.

»Bitte, meine Freunde, bitte versteht mich nicht falsch. Wir sind der Türkei zu großem Dank verpflichtet, denn sie hat uns damals das Leben gerettet. Und die Menschen, die hierher gesiedelt sind, sind ein Teil von uns geworden. Beides sollten wir nicht außer Acht lassen. Aber wir müssen mit klarem Blick unsere heutige Wirklichkeit ansehen, die uns wie Schuppen auf den Schultern begleitet. Die Türkei hat uns das Leben gegeben – wie auch den langsamen Tod.

Viele von uns haben gedacht wie jene im Regierungspalast von Lefkosa. Sie dachten, dass die, die Geld genug hatten, beim Aufbau unseres Landes den ersten Mörtel für einen glanzvollen stabilen Grund werfen würden, damit das leckgeschlagene Schiff wieder schwimmen kann. Aber unsere Erwartungen wurden enttäuscht, denn sie pflanzten hier und ernteten woanders. Mit den Früchten, für die jeder von euch seinen Beitrag geleistet hat, wuchsen die Bäuche dieser Betrüger, die ich nicht anders nennen kann und möchte. Viele von uns waren nicht besser, im Gegenteil, sie machten sich zu ihren Komplizen. Sie haben ihre Heimat verkauft, weil die Insel politisch nicht zur Ruhe kam und sie keine Zukunft für sich sahen. Die Türkei lebt ihren Traum von der Macht. Sie will Ansehen und Sicherheit. Und in diesem Plan sind wir ein Baustein – das Militär dabei immer im Vormarsch. Das mächtige Land ist mit sich und seinen Interessen beschäftigt. Wir sind dabei das fünfte Rad am Wagen, ein geplatzter Reservereifen, der haltlos in die Dunkelheit rollt.«

Mir rinnt der Schweiß von der Stirn. Die mir zugehört haben, sind Zeugen meiner Besessenheit. Es ist wahr, ich bin besessen von dem, was ich weiß. Aber es war an der Zeit, die Schuldigen beim Namen zu nennen. Steht dieses Volk hinter mir, will ich die Insel so stetig voranbringen, wie ein Eisberg seinen langsamen aber unaufhaltsamen Weg durch das Wasser nimmt. So möge mir dieser Wunsch in Erfüllung gehen für mein geduldiges Volk.

»Ich habe Angst, meine Freunde, ... Angst davor, dass wir hier weiterhin vertröstet werden wie ein Kind mit dem Schnuller. Wacht aus dieser falschen Wärme auf, denn sie ist nicht die Muttermilch, von der ihr euch ernähren könnt. Wacht auf, denn wir verlieren unser Zuhause, wenn die Vereinigung auf unsere Kosten verhandelt wird.

Daher, meine Brüder und Schwestern, ich flehe jeden Einzelnen von euch an, seht euch die Wahrheit an, wir haben sie vor der Nase, und ihr werdet merken, dass sie fürchterlichen Gestank verbreitet. Die Türkei ist unser Mutterland und Gott beschütze dieses heilige Land. Aber wir sind hier Vergessene, die am Ufer hin- und herschwimmen, um an Land zu kommen, aber die Strömung treibt uns immer wieder ins offene Meer.

Ich las einmal in der Zeitung, dass Nordzypern zur edel geschmückten Vitrine der Türkei werden soll – leere Worte, die wie eine leere Vitrine nichts anbieten, das geschwollene Geschwätz eines vom Ruhm besessenen Politikers.«

Meine Worte haben Unruhe in die Menge gebracht, so als ob jeden Augenblick ein Volksaufstand ausbrechen könnte. Alle schreien durcheinander, laut und vorwurfsvoll sprechen sie unter sich. Ich verstehe aber nicht, worüber sie so erregt diskutieren. So hebe ich meine Hände und bitte sie um Ruhe. Nach langem Bitten kann ich die Menge so weit beruhigen, dass die meisten mir wieder zuhören.

»Was sollen wir tun, Yunus Baba?«, fragt ein Mann um die dreißig, von mächtiger Statur, der sich nach vorne gedrängelt hat. »Sag uns, was wir machen sollen!«

Ich sehe ihn an und versuche ihm zuzulächeln. In seinen Augen funkelt jede Menge Kraft und Wille.
»Nicht aufgeben«, antworte ich. »In Liebe und Güte kämpfen, mit all der Kraft, die ich in deinen Augen sehen kann.«
Ich hatte ihm die Fragen gestohlen, die er noch auf der Zunge trug. Er wurde still, senkte unsicher den Kopf und zog sich zurück.
»Ändere dich, ändere den, der bis jetzt in dir schlief und dir mehr geschadet hat, als er dir Gutes tat ... Hört hin, was verhandelt wird! Nehmt teil an eurem eigenen Schicksal!«
Da erschallt der Ruf: »Es lebe unser Präsident, Gott segne ihn! Hurra ... Hurraaaa!«

Ich bin müde, es muss wohl an meinem Alter liegen. Ich steige vom Brunnen herunter, gehe zurück auf die Terrasse und bleibe neben meiner Frau stehen. Das Volk ist in Aufruhr. Ich kann unmöglich ins Haus, keiner rührt sich vom Fleck, sie warten. Mir ist warm, immer wieder wische ich mir den Schweiß von der Stirn und vom Hals. Zwischendurch verspüre ich Übelkeit. Ich bin es nicht gewöhnt, von so vielen Menschen erwartungsvoll angesehen zu werden. Die Fragen, die in ihren Gesichtern zu lesen sind, drohen mich zu ersticken. Dann nehme ich mich zusammen.
»Gut«, sage ich, »noch ein paar Sätze.« Ich huste meine Kehle frei und trete zwei Schritte vor.
»Ich werde immer für euch da sein.« Laut habe ich es ausgesprochen. Ich stehe in meinem Wort. »Mein Alter wird kein Hindernis sein, niemand kann mich aufhalten, auch wenn ich auf halber Strecke hinscheide.«
Pfeifen und Jubel trommelt aus der Menge. »Es lebe unser Präsident. Lang lebe unser Präsident!«
»Wie oft habe ich mir die Frage gestellt, was eigentlich geschehen ist. In Gottes Namen, ich finde keine Antwort darauf! Und ich wage nicht zu beurteilen, wer gewonnen hat und wer verloren hat. In einem geistlosen Krieg gibt es nur einen besiegten Sieger.
Ich bitte euch, so wahr und schmerzhaft meine Tränen sind, vergesst den Hass, der euch still begleitet. Die Zyprioten sind ein Volk, eine kleine Familie mit einem großen Herz, Nord und Süd, wir alle gehören zusammen!

Es ist schön, ein Erbteil zu erhalten, das Sinn und Wert trägt, und beides weiterzugeben – von den Eltern zum Kind, vom Kind zum Kind, denn im Grunde sind wir alle im Tiefsten Kinder. Aber die Jugend von heute ist kaum zu erkennen, lieber lebt sie in der Nacht als am Tage. Die Natur ist vielen unserer Kinder gleichgültig. Warum? Weil ihre Seelen damit nie in Berührung gekommen sind. Eher würden sie Schrotflinten zur Hand nehmen und Vögel und Hasen erlegen. So kommt man zu dem ehrwürdigen Namen ›Jäger‹. Jäger der Wälder sind wir geworden, seit die Engländer diesen Sport bei uns eingeführt haben.

Wisst ihr, mein Volk, ich frage es euch, wisst ihr, dass viele unserer Vogelarten vom Aussterben bedroht sind? Und wisst ihr, was das bedeutet? Könnt ihr euch eine Welt ohne Gesang vorstellen? Einen Morgen ohne das Geräusch des Flügelflatterns?«

Ich kann sie nicht betrügen, dafür habe ich zu viel gesehen, dafür bin ich zu alt. Ich glaube an die Wahrheit, und das Leben ist vergänglich. Wenn ich nicht lügen kann, so bin ich gegen sie, sobald auch nur ein winziger, unbedeutender Gebüschvogel verletzt wird.

Ich habe es geahnt, dass ich von den Jägern unter den Versammelten ausgepfiffen werden würde, aber das stört mich nicht. Als Präsident verlangte ich nicht nur die Vereinigung der beiden Teile unserer Insel, sondern auch die Vereinigung mit unserem Land selbst, mit der Natur.

Auch friedliches Denken kann zu Unruhe führen, sogar zu Raufereien und Streit. Ich rufe um Ruhe, aber der Zorn der verschiedenen Meinungen, die sich gegeneinander erheben, bringt einiges Chaos in die Menge.

»Komm, Yunus«, sagt Aysun und legt mir von hinten die Hand auf die Schulter. »Gehen wir ins Haus, bevor etwas passiert, es liegt große Spannung in der Luft, das gefällt mir nicht. Lass uns bitte reingehen.«

»Nein«, erwidere ich, »nicht, bevor sie mir wieder zuhören.« Etwas angespannt trete ich noch einmal nach vorn.

»Das ist es, wovor wir uns am allermeisten fürchten müssen: uns gegenseitig zu hassen, zu prügeln und in Stücke zu reißen! Das ist es, weshalb wir als aggressives Hirtenvolk gelten, gerade gut genug, um auf die Erinnerungsfotos der Touristen gebannt zu werden, aber nicht gut genug als Gesprächspartner für die anderen Länder der Welt! Anscheinend sagt man uns zu Recht nach, dass wir den anderen sofort zu Hackfleisch machen, wenn er nicht der gleichen Meinung ist wie wir. Pech gehabt – warum hat er auch seine eigenen Ansichten vertreten ...«

Nach und nach kehrt die Stille zurück. Ich bin fast wütend auf mein Volk, weil es die Wahrheit nicht ertragen kann. Sie sind stur in ihrem Stolz und errichten sich damit selbst die härtesten Barrikaden, blind für das Verständnis anderer. So fröhlich und gastfreundlich ihre Erziehung auch sein mag, wenn ihr Stolz angetastet wird, ist ihre Gelassenheit dahin.

»Ihr könnt mich verjagen und mich vom meinem noch unberührten Thron wieder runter holen, aber ihr könnt mir nicht mein Anliegen austreiben. Nicht, bis nicht das letzte Gewehr verrostet ist, die Tierwelt geachtet wird und die Kugeln in Liebe und Zuneigung eingeschmolzen worden sind. Es gibt keine Zukunft ohne die Natur und keinen Sinn ohne Tiere, sowie es keine Sehnsucht gibt ohne das Rauschen des Wassers.

Öffnet eure schlummernden Augen und ihr werdet sehen, was um uns her geschieht und wie die Schöpfung leidet!« Jetzt brülle ich aus vollem Leibe. Ich bin aufgebracht.

»Es gibt nichts Unberührtes mehr. Jede Baumwildnis ist von Wegen erschlossen, damit die Fahrzeuge alle Gebiete durchkämmen können. Wo sollen in Gottes Namen unsere Tiere noch leben? Sie sind auf unsere Hilfe angewiesen. Sollen wir ihnen etwa beibringen, wie sie auf dem Meer wohnen können? Damals, wenn ich zur Ortschaft ging, konnte ich mich am Ufer auf die Felsen setzen und Melone schlürfen, im Klang der peitschenden Wellen, den Krebsen zusehen, wie sie sich mit Sonne auftankten. Kaum verlebst du einen Tag, schon ist es wieder Morgen. Kinder werden Väter, Bäume ragen in den Himmel, Rastvögel kommen und gehen. Das wahre Erlebnis bleibt immer gleich, es ist die Mutter Natur, der Gott.«

Meine letzten Worte haben die Menge wieder zum Schweigen gebracht, denn dieser Präsident schreit da etwas Seltsames, wovon sie noch nie einen Politiker haben reden hören. Er spricht weder von Krieg noch von Wirtschaft, sondern von ihrem Lebensraum!

»Wenn du ein kaltblütiger Jäger bist«, schreie ich vorwurfsvoll über alle Köpfe hinweg und deute herausfordernd auf einige der im Vordergrund Stehenden, »du ... oder du – dann sage mir, was du da tust!«

Erschrocken, ja entsetzt, unschuldig starren sie mich an, auf die ich gedeutet habe. Ein leicht verkrampftes Lächeln schwillt auf meinen Wangen. »Vergnügen?« Mein durchdringender Blick streift über die Gesichter. »Sport?« Ablehnend und trotzig schüttle ich den Kopf. »Wie kann ein Mensch auf Wunderwesen schießen und es Sport nennen? Auf Lebewesen, die wir nicht erschaffen können! Es ist ein Leben, eine Seele, sind Augen, die tief in unsere blicken und nur unsere Sprache nicht haben. In jedem Lebewesen wohnt der Gott und jedes Mal, wenn eines dieser Wesen getötet wird, stirbt damit ein Teil des Gottes.«

Kein Mund wagte es, sich zu öffnen, kein Fuß, sich auf den Heimweg zu machen. Meine Worte haben sie bis ins Mark getroffen. Jetzt stehe ich vor einem Volk, das unsicher geworden ist, aber den Hoffnungsschimmer vor sich sieht, dass ich der neue Anfang für sie bin. Es war richtig, sie so zu attackieren, sie zu beschämen und anzubrüllen. Denn die Aufgabe eines Präsidenten ist es nicht, schöne Worte zu machen, sondern Worte zu finden, die etwas verändern, und es kann nur mit Liebe und Hingabe geschehen und hat, wenn es gelingt, etwas Göttliches. Aber so lange ein Volk noch in die Irre geführt ist und sich auf dem falschen Weg befindet, den andere ihm gewiesen haben, so lange muss ihr Präsident bei ihnen stehen. Er hat als Letzter das Deck des sinkenden Schiffs zu verlassen.

Nach einer langen Stille stellt einer eine Frage, die viele beschäftigt: »Wovon sollen wir leben, Yunus Baba? Viele von uns haben keine Arbeit und kein Geld.«

Die Menge fühlt sich bestärkt durch diese Frage, die alle gehört haben.

»Wie haben wir vor dem Krieg gelebt?«, antworte ich mit fester Stimme. »Haben wir da fremde Hilfe benötigt? Ihr habt keine Arbeit, weil ihr nicht danach sucht, sondern darauf wartet, bis ihr sie angeboten bekommt. Das aber ist eine Haltung, die in die Sackgasse führt. Durch sie habt ihr euer Können verlernt und eure Begabungen vergessen, aber sie sind in euren Händen wiederzufinden. Seid dem dankbar, der uns vor Krankheiten behütet. Was wichtig ist, ist die einfache Zufriedenheit. Oder ist euch die nicht mehr heilig?

Die Menschheitsgeschichte ist lang, viele viele Schlachten und Kriege, große Namen, die glaubten, den Globus wie auf einem

Kelch regieren zu können. Sie kamen und gingen, andere kamen, auch sie konnten nicht bleiben. Aber alle wollten sie eines: herrschen und erobern, König, ja sogar Gott sein.

Von manchen kann man noch ein paar Spuren erkennen wie den früheren Palast von Salamis oder die Stadtmauern von Kyrenia und Gazimagusa – und so wird es wohl überall auf der Welt sein. Von anderen sind Steine übrig, die auf ihre religiösen Riten hinweisen, mit denen sie einst nach der unsterblichen Gottheit strebten. Sie alle haben es nicht geschafft, das Leben zu überrumpeln. Und eines haben sie alle übersehen, so wie auch wir es heute übersehen: Das Leben, die Natur, wird immer überlegen sein. Eines Tages werden wir selbst Teil dieser vergangenen Kulturen sein. Die Lebenskutsche wird alleine voranrollen und niemand wird sie aufhalten können. Niemand wird das ändern, allenfalls gibt es manchmal eine kleine Verzögerung. Jeder kann das geschichtlich nachvollziehen.

Nackt sind wir gekommen und nackt gehen wir dahin zurück, wo wir herkamen. Reichtum, Ruhm und Ehre sind begrenzt, die Liebe aber bleibt. Das ist der Lohn, von dem ich spreche, für den wir arbeiten und, wenn es sein muss, unser ganzes Leben lang schuften. Ohne das ist kein Segen zu finden, weil unser Leben hier jederzeit verlöschen kann.

Meine Freunde, es gibt noch so vieles, was mein Herz bewegt, aber würde ich euch dies alles erzählen wollen, müsstet ihr hier Zelte aufschlagen.«

Der Tag neigt sich bereits, die Sonne nähert sich den Berggipfeln, hinter denen sie untergehen wird, aber noch brennt sie in den Rücken des vor mir stehenden Volkes und blendet mein faltiges Gesicht.

»Ich sehe gerade etwas Wunderbares vor mir, es gehört der Vergangenheit an und es soll zu unserer Zukunft gehören, ich will es euch erzählen.« Ruhig spreche ich jetzt in die Menge, die mir zuhört.

»*Alle Tore sind offen. Der Hoca findet zum Priester und der Priester zum Hoca. Die Glocken der orthodoxen Kirchen läuten neben den Moscheen und die Männer spielen in den Häfen von Kyrenia, Famagusta, Limassol und Larnaca gemeinsam Tavla und schlürfen dabei den schäumenden türkischen Mocca.«*

Ich kann mich vor Erschöpfung kaum noch halten, aber ich muss sie noch ein letztes Mal aufrütteln.

»Hört! Ich will euch nicht länger Geschichten erzählen, aber das Buch der Insel ist unser Buch, wir sollten es lesen. Es ist das Buch unserer Geschichte, in dem geschrieben steht, wie wir zweiter Klasse eingeordnet wurden und herabgesunken sind. Man hat uns dressiert und vor allem hat man uns gelehrt zu schweigen.

Das muss ein Ende finden, ein für alle Mal. Das kann man nicht länger machen, nicht mit uns! Wir dürfen nicht schweigen, wie es uns beigebracht, wie es uns sogar befohlen wurde! Wir müssen die Ketten, die man uns um den Hals geschlungen hat, abwerfen, bevor man uns den Kopf zerschmettert. Gemeinsam wollen wir unser Zuhause vor dem Unheil schützen, gebt euch die Hand! Ob griechische oder türkische Zyprioten – wir sind ein Volk und haben nur eine Heimat!«

Ich habe das letzte Wort gesprochen und will mich gerade ins Haus zurückziehen, da durchbricht ein etwa 40-jähriger Mann die vorderste Reihe der Menschen – und im Bruchteil einer Sekunde geschieht es. Er zieht einen Revolver und richtet ihn auf mich. Ich stehe regungslos und sehe dem Tod ins Auge, der Schuss fällt. Aysun wirft sich vor mich, wirft sich zwischen mich und die Kugel, zwei weitere Schüsse, dann noch einer. Aysun, mein Schutzengel, in guten wie in schlechten Zeiten war sie an meiner Seite, mein Olivenbaum, meine Sonne, die Insel meines Herzens. Sie bricht in meinen Armen zusammen. Sie blickt in meine Augen, sie lächelt. Es ist der Gott selbst, der mich durch sie hindurch ansieht, ein Gott, der weint und sie mit diesem Lächeln von mir löst, mir auf Wiedersehen sagt.

Die Kraft der Vereinigung zwischen Himmel und Erde, zwischen Licht und Schatten fließt durch mich hindurch. Ich weiß es, er ist bei mir, ich spüre es, er ist in meinem Körper, in ihren Augen. Geburt und Tod sehe ich nebeneinander, eine Vision, in der ich Stimmen höre, ein Ruf der Urgeborgenheit.

Als das Leben mich zu sich zurückholte, fiel ich in Verzweiflung. Ich schrie um meine kostbare Geliebte, mit der ich zu Boden sank. Noch ein Schuss. Er durchbohrte mich von hinten. Wie in einem Morgentraum sehe ich die Bilder um mich her nur noch verschwommen. Ich verliere die Sprache, möchte bei meiner Frau sein. Mein Rücken brennt fürchterlich.

Mein Gott, wo bin ich …? Meine Ziegen? Sie sind alle um mich. Ein Hund bellt. Mühsam öffne ich die Augen. Es ist Olivio, der gegen den Wind anbellt. Ein kräftiger Sturm rauscht durch den Wald.

Ich war von der Holzbank heruntergefallen, auf den Rücken gefallen, daher der Schuss, der brennende Schmerz. Es war ein Traum – eine Vision. Es war ein Traum von solcher Lebendigkeit, dass ich ihn von der Wirklichkeit kaum zu unterscheiden wusste – oder war ich jetzt im Traum, jetzt hier auf dem Plateau? Für eine Weile ließen meine Sinne mich im Ungewissen.

Ich rapple mich mühsam auf und setze mich in meinem üblen Zustand auf die Holzbank. Der Wirbelsturm zieht die letzten Wolken über den Gipfel mit sich fort, noch spüre ich einzelne Regentropfen, die an den Carobblättern herabrinnen. Wie ich da auf meine Ziegen blicke und sie so friedlich grasen sehe, überkommt mich ein warmes Gefühl des Zuhauseseins und der Dankbarkeit dafür, dass ich hier unter meinem Carobbaum am Leben bin.

Ich bin im Reich des Präsidenten gewesen. Ein Präsident, der jetzt wieder zum Hirten geworden ist. Olivio zerrt an meinem Hosenbein und bellt so schrill, dass mein pochender Kopfschmerz noch weiter anschwillt und mir fast der Schädel platzt. Gleichzeitig fühle ich eine unermessliche Liebe zu allem, womit ich verbunden bin. Etwas Seltsames fließt durch mich hindurch, so etwas wie die Nähe zum Tod. Aber heute ist Silvester, der Tod wird noch etwas warten müssen! So eilig wird er es wohl nicht haben, solange der Mehmet noch nicht zurück ist.

Ich liebe und verehre diese Insel vom untersten Ende bis zur Spitze. Ich sehe sie ohne Krieg, in der Verschmolzenheit der Brüder, in der Haut eines anerkannten Volkes.

Nur als eine Fichte am Fels, als ein Carobstamm dieser Fünffingerberge zurückzukehren, wäre schon eine gelungene Wiedergeburt, falls meine zukünftige Mutter an diesem Flecken der Erde geboren wird und hier bleibt. Hier, gerade hier möchte ich wieder herkommen, pendeln zwischen sonnenreifen Früchten, schlummern unter den Silberblättern der Olivenbäume, wandern im mattsüßen Duft der Carobstengel und Datteln, dieser Perlen, die so kostbar schmecken.

Ich kenne sie gut, Schritt für Schritt bis hoch zur Burg von

Kantara, wo die einsamen Häuser mit ihren verwilderten Hunden am Genick des Berges nach Nord und Süd gespenstisch in zwei Täler blicken.

Ich kenne sie hoch bis Dipkarpaz, wo der Ostwind das letzte Dorf erreicht, das von griechischen und türkischen Zyprioten gleichermaßen besiedelt ist – ein in seinem Zitrustal vom Kriegszorn verschonter Ort. Dichte Weinstöcke lindern die Mittagshitze, in deren Stunde die freundlichen Dorfbewohner im Halbschlaf vor den Häusern sitzen.

Ich kenne und liebe dicht neben den Moscheen, die Mond und Stern auf ihren Kuppeln tragen, die orthodoxen Kapellen, deren Tore jedem offen stehen, diese schönen, naiven und ehrlichen Gotteshäuser, in denen der Glaube und die Völker sich verstehen.

Von je her war ich gefesselt von der Festung Gazimagusas, die man von den langen Stränden der Stadt aus sieht. Zwischen ihren Mauern spielt die Zeit keine Rolle, es gibt sie dort einfach nicht mehr, zwischen diesen Mauern weiß ich nicht mehr, ob ich ein Bürger der Antike bin, ein hier vor Anker gegangener Pirat oder der König von Salamis.

Und dann, vor allen anderen, Kyrenia, meine Jugendliebe. Das stolze Kyrenia, das mit seiner versteckten Schönheit so eine unerklärlich starke Ausstrahlung hat, ein jungfräuliches Weib im Schutz der mächtigen Hafenburg, umarmt von der alten Dampferbucht, die jetzt den Kleinfischern gehört. Ihre Boote mit den buntbemalten Kajüten wiegen sich sanft vor der romantischen Promenade. Die Söhne haben sie von ihren Vätern übernommen, manch einer von ihnen flickt noch auf dem heißen Hafenpflaster die von Korallen zersägten Netze.

Auch die altertümlichen Cafés gibt es noch, wo die übrig gebliebenen Alten inmitten aller Veränderungen ihrer Umgebung plaudern können wie vor dreißig Jahren.

Geistige Zuflucht und Ruhe finde ich, wenn ich die angelnden Kinder auf den Felsen sehe, schwarzblond gefärbt von Sonne und Salzwasser.

Aber wie kann ich über die Schönheit sprechen, ohne sie zu verletzen? Man muss sie durchwandern, diese schaumgeborene Nixenstadt, man muss in ihrer Salzluft gegangen sein und in ihrem Staub, ohne Uhr am Handgelenk, zu Fuß und ohne Worte, dann wird man ihrer Schönheit gerecht.

Die Menschen, die diesen Küstenort bewohnen, haben ihre Herkunft aus den verschiedensten Ländern miteinander geteilt. Sie haben sich vermischt und sind nun wie ein prächtiger Blumengarten von leuchtenden Gesichtern. Türkisch sprechende schwarze Zyprioten sind unter ihnen, sie haben ihre Freiheit hier gefunden und als Teil dieses Inselvolkes unsere Lebensweise übernommen. Schwarz und weiß, rot, blond und braun – das ist das Volk von Zypern, das gemeinsam zu leben weiß. Sie urteilen nicht mit der Zunge darüber, wie sie aussehen, sie sind alle verschieden.

Aysuns Urahnen mütterlicherseits müssen schwarzblütig gewesen sein, denn sie ist ein solches von Gottes Händen geschaffenes Mischlingskind mit ihrer braunen Carobhaut und ihren langen Finsterhaaren aus geborenen Locken, aus denen die Schönheit fließt.

Mit Aysuns Bild vor Augen hebe ich meinen Kopf mit den Höllenschmerzen darin und blicke in das Blätterdach des Carobs. Aysun und Mehmet. Bis heute kennen sie sich nicht, obwohl sie beide es sind, die ich in meinem Leben am meisten geliebt habe nach dem Vater und der Mutter.

48 Jahre sind vergangen, seit Mehmet die Insel verlassen hat. Heute bin ich 62 Jahre alt. Damals, als er ging, versprach er, vor der ersten Frucht des Carobbaums zurückzusein. Aber er kam nie, auch wenn er es in seinen Briefen, die in immer größeren Abständen eintrafen, immer wieder versprach. Jetzt hat unser Baum mit der Blitznarbe am Rumpf die mächtigste Krone des ganzen Plateaus. All diese Jahre sind aufgelöst wie der Schaum, der die Felsen peitscht. Die Frage nach der Vergänglichkeit ist mir nie so nahe gewesen wie jetzt, wie jetzt in diesem Moment, und ich frage mich, wo ich hinkomme, wenn der Tod meine Augen schließt.

Wie sehr wünsche ich mir, in meiner Besessenheit vom Heiligen Buch, ein Sohn des gütigen Davids zu sein. Wie würde ich seinen erhabenen Glanz preisen. Wie gerne würde ich die Schwielen seiner Hände küssen, die er sich im Kampf für sein Volk und im Kampf um Gerechtigkeit geholt hat, als Anhänger des Volkes Abrahams. Unser aller Großvater, der die Dünen der heißen Wüste beschritt, im Duft der nährreichen Datteln ging und unter der Gefahr der Schwerter der Ungläubigen.

Niemals gehen sie mir aus dem Sinn, er, der Isa-Jesus, mein Leibbruder, und der bärtige Mohammed, mein weiser Wegführer und stetiger Begleiter. Sie und viele davor und danach kamen als Botschafter jenes einen Gottes, geboren in der Schutzwiege der tiefen Wasser der Sintflut. Sie haben ihr Leben einer Hand voll Jünglinge gewidmet, sie waren es, die die Büstenanbeter aus der Irritation ans Licht zogen, hoch hinauf, Stufe um Stufe, über jegliche gebrochene Leiter, hoch hinauf zu den Wolken, über denen jetzt mein Kopf und mein sehnsuchtsvolles Herz schweben.

Das vom goldenen Blut befleckte Kreuz, an dem mein Leibbruder starb, ist es nicht der verlorene Schlüssel in den Palast unseres Vaters? In den Garten der Pinien und Carobstengel? Ist der heilige Berg, auf dem mein bärtiger Begleiter Mohammed durch die bebende Stimme Gottes zum letzten Propheten auserwählt wurde, nicht der Thron all jener Kräfte, die bewusst und unbewusst in uns fließen und uns tragen? Und die Höhle, in der der Weise vor der Hinrichtung durch die Lanzen der Ungläubigen bewahrt wurde, deren Öffnung mit Spinnweben dicht verschlossen war und in der auch ein Heiliger atemlos an sein Ende dachte – ist sie nicht die Höhle der Offenbarung, in der alles begann?

O Gott Vater in mir und um mich, in allem und mit allem. Geopfert hast du dich für deine Schöpfung. Dein Dasein, dein unermessliches, ehrfurchtgebietendes, spiegelt uns in aller Pracht und Dichte die gütige Mutter Erde, auf der wir lachen und denken und oft handeln, wie du es uns untersagt hast.

Heute ist Silvester. Meine Frau bereitet Köstlichkeiten für die Nacht vor, in höchst kindlicher Freude auf ihre Tochter Defne, die sie bald in ihre Arme schließen darf.

Sie alle sind anwesend, meine Schwester Ayse, mein hilfreich singendes Kind aus unseren Jugendtagen, die ich nie als Erwachsene gesehen habe. Sie und ihr Mann und ihre drei Söhne.

Es fehlt nur noch der Mehmet, auf den ich warte seit unsagbarer Zeit. Noch ist der Tag jung, nie habe ich die ersehnte Hoffnung aufgegeben, nie hat mich das Gefühl in all den Jahren losgelassen, auch jetzt im letzten Moment nicht, er könnte kommen. Ich werde auf ihn warten.

Der Schmerz in meinem Kopf zieht sich langsam ins Genick hinunter. Ich kann meine Augen nicht offen halten, sehe verschwommen, unklar. Ich spüre, dass etwas Ungewöhnliches mit mir vorgeht, denn die Art, wie ich denke, sehe, aufnehme, atme, ist anders, als ich es je kennen gelernt habe. Etwas herrscht über mich und übernimmt immer mehr die Kontrolle. Ist es wirklich der Tod, der sich da so unpassend und unwillkommen als Silvestergast bei mir eingeladen hat? Ich täusche mich nicht, es wird immer klarer, es ist eine fremde Macht neben mir. Ich kann sie nicht sehen, aber ich höre sie atmen. Sie ist bei mir und möchte meine Befürchtung bestätigen. Nein, ich darf auf keinen Fall die Augen geschlossen halten, sonst werde ich abgeholt. Denn ich warte auf jemanden, der vor Silvester hier sein wollte. Ich darf die Augen nicht schließen!

Mühsam, mit schmerzhaft eingeknicktem Nacken lehne ich mich langsam gegen den Stamm des Carobs. Es fällt mir schwer, die Augen offen zu halten. Wie im Fieber nehme ich wahr, dass Olivio sich angespannt aufrichtet, die Ohren gespitzt in den Wind hält und knurrt, bereit sein Revier zu verteidigen. Plötzlich schießt er laut bellend von seinem Platz und rennt in die dichten Büsche Richtung Abhang, wo er etwas oder jemanden gewittert hat.

In meinem Delirium kommt mir das alles wie ein geisterhaftes Spektakel vor, bei dem ich weit außerhalb stehe und unbeteiligt zusehe. Mein Leben scheint gerade zu vergehen, der Traum scheint zu kommen, der Übergang zum Jenseits. Sterbe ich oder bin ich schon tot?

O mein Gott, nein, ich bilde es mir nicht ein, es ist nicht der rauschende Wind, sondern ich höre tatsächlich eine Stimme, jemand ruft nach mir. Der Ruf wird vom Luftwirbel der Fünffingerberge fortgerissen und verstreut.

Ich bin nicht in der Lage, die Augen zu öffnen, um zu sehen, wo die Stimme herkam, aber jetzt höre ich sie noch einmal: »Yunus ... Yunus!«, und die letzte Welle des abebbenden Gewitterwindes verschluckt den Ruf und reißt ihn mit sich fort.

Ich weiß nicht, ob ich noch lebe, denn ich spüre meinen Leib nicht mehr und auch nicht mehr das Pochen im Schädel, das mir gerade noch so unerträgliches Leiden bereitet hat.

Hilf mir, Vater! Was ist bloß los mit mir? Bin ich wirklich nicht mehr am Leben? Was hast du mit mir vor? Nicht jetzt, bitte, gedulde dich noch etwas, ich warte auf den Mehmet, er ist noch nicht eingetroffen!

Tränen eines unsagbaren Wohlrausches, ich bin Kind und alter Mann zugleich, ich fließe in einen goldenen Kelch, in dem ich selbst zu Gold werde. Ich sehe mich und den Abschied von der Gegenwart. In meinen Adern fließt die silberne Liebe, in meinem Herzen ist das Licht der Sonne. Ich bin das Universum, ich sehe alle meine Ahnen und Urahnen, ein Licht, ganz in der Nähe deutet in Richtung Zukunft. Ich bin eins mit Gott, er ist bei mir und ich bin bei ihm, wir sind das Meer, die Luft, das Feuer und die Erde. Wie schön ist es, so vertraut, so geborgen und verspielt auf die Reise mitgenommen zu werden. Wie schön ist es, zu sterben. Es ist der wunderbarste Rausch, den man sich vorstellen kann. Kein Wunder, dass er uns mit seiner Liebe überwältigen kann bis an die Grenze des Wahnsinns.

Ich spüre die Feuchte deines Atems, die Farben deiner Pracht schimmern in einer Kunst der Fülle, die mich furchtsam, klein und blind machen müsste wie einen Maulwurf, aber du hebst mich zu dir empor. Der Himmel ist verschieden getönt, ausgespannte Flügel schwingen darin. Was hast du bloß für eine himmlische Begabung, die mir solche Freudentränen entlockt? All meine Hoffnungslosigkeit beendest du, als bestünde mein Leben aus einem einzigen Tag. So kurz, dass der ganze Kummer, der mir auf die Stirn geschrieben stand, und alle Pläne der Welt unbedeutend werden. Da ist meine Insel, meine Heimat. Sie ist winzig klein. Auch hier erzeugst du alles ständig von neuem, bis ein Pfad uns alle eines Tages zu dir hinführt. Alle Spuren, alle Wege und alle Schleichwege treffen sich am Ende am gleichen Ort, er ist eng und schmal. Hier wartest du selbst auf uns.

»Yunus ... Yunus. Ich bin es Mehmet. Schau, ich bin gekommen!«

Mehmet? Olivio bellt und knurrt. Ein Regentropfen fällt mir auf den Kopf und schlägt ein gewaltiges Echo, als wäre ich ein leerer Raum. Die Ziegen werden unruhig.

Ich hebe den Kopf und sehe einen alten, grauhaarigen Mann auf langsamen Füßen.

Er kommt auf mich zu, und je näher er kommt, desto mehr verliert die Vergangenheit jeden Sinn. Er hat sein Versprechen gehalten, er ist zurückgekommen, auch wenn er sich um 48 Jahre verspätet hat, auch wenn ein ganzes Leben vorüber ist. Er ist es, Mehmet! Mein Freund!

Nervös, sprachlos und mit Lampenfieber richte ich mich hoch. Mir bleibt gleich das Herz stehen. Er ist es, mein Mehmet, der unmittelbar vor mir steht. Ich erkenne sein Lächeln, er hat sich verändert, aber er hat zu mir gefunden, zu unserem gemeinsamen Baum, der vor so langer, langer Zeit als Ast überreicht wurde und in dessen Schatten wir jetzt als alte Männer stehen, mit zwei kindlichen Herzen, wie damals.

»Mehmet ...«, flüstere ich scheu, »bist du es wirklich?«

Er bleibt stehen und zögert einen Moment. Staunend, zurückgeworfen in die Wiege der Jugendzeit, betrachtet er den den Himmel erreichenden Carobbaum, den ich enttäuscht zu Boden warf, als er die Nabelschnur zwischen uns gelöst hatte.

Er sieht mich an, dann wieder den Baum. »Sag bloß, das ist unser ...«

Ich schüttle meinen Kopf und merke nicht, dass ich bereits Tränen weine. »Ja«, sage ich, »es ist unser Carobbaum.«

Mein Herz schüttet etwas Seltsames aus, das mich aus der Realität fortreißt. Zwei alte Männer, die sich aufeinander zu bewegen, der Fischersohn und der Ziegenhirte. Ich möchte ihn umarmen, fest drücken, mit ihm kichern, auf dem saftigen grünen Plateau Purzelbäume schlagen, glatte Steine über die Schlucht werfen, so wie damals, als wir noch Liebhaber der weißen Möwe waren, des sanften Meeresbrechers. Brüllen möchte ich, dass die Freude an die Felsen schlägt, die Rotkopfgeier aus ihren Nestern zurückkreischen, die Fledermäuse in Scharen durch den Himmel kreisen.

Als ich meine Arme öffne, um ihn zu umarmen, geht er an mir vorbei. Ich verstehe es nicht und bin völlig verwirrt. Unsicher, ängstlich drehe ich mich um, bitte den Gott, dass es nicht wahr ist. Da sehe ich auf meiner Holzbank jemanden mit herabgesunkenem Kopf eingeschlafen am Stamm des Carobbaums lehnen, der seine Farben geändert hat wie ein Wunder, als sei der Herbst aus heiterem Himmel über die immergrüne Pflanze gekommen.

Ich laufe zurück zur Holzbank, wo auch der Mehmet hingeht, und sehe das Schicksal eines alten Mannes, der gerade gestorben sein muss.

»Yunus, ich bin es, Mehmet. Wach auf! ...Yunus?«

Der alte Mann dort unter dem Carobbaum, nein ... es kann nicht sein, bin ich etwa ...?
»Yunus, wach auf ...«
Ich war schon gestorben, als er mich weinend umarmte.